KB068441

어쩌다,
문구점 아저씨

어쩌다,
문구점 아저씨

유한빈 지음

RHK
알에이치코리아

"사람들은 내게 오 년 후, 혹은 십 년 후 무엇이 변할 것인지는 묻지만
무엇이 변하지 않을지는 묻지 않는다.
세상이 어떻게 변하더라도 고객이 원하는 가치를 제공한다면
고객은 절대 외면하지 않는다."

_ 아마존 CEO, 제프 베이조스

"많은 경우 사람들은 원하는 것을 보여주기 전까지는
무엇을 원하는지도 모른다."

_ 애플 창업자, 스티브 잡스

요즘은 취미, 취향이 화두인 시대다. 나는 누군가가 자주 사용하는 문구들만 봐도 그 사람의 취향을 어렴풋이 가늠할 수 있다. 여러분 곁에는 어떤 문구들이 있는가? 지금 내 곁에는 필기용 문구들이 즐비하다.

내 취향인 클래식한 디자인을 가지고 있고 글씨 쓸 때 쫙 펴지며 필기감이 좋은 종이를 사용한 노트(직접 만듦), 쓸 때 사각사각 소리가 나는 진한 색의 연필, 잘 지워지는 지우개, 손맛이 좋은 만년필, 아름다운 색상의 만년필 잉크(이것도 직접), 필기감 좋고 발색도 좋은 볼펜, 만년필을 안전하게 보관하기 위한 만년필 파우치까지. 참, 책이 빠지면 섭섭하므로 감명 깊게 읽은 다양한 분야의 책들도 함께한다.

이런 문구들이 가득한 책상의 주인은 어떤 사람일 것 같은가? 우선 내 책상에 어떤 문구들이 있는지 살펴보자. 그것들이 아마도 나만의 취향을 나타내줄 것이다.

나는 덕질의 끝은 '제작'이라고 생각한다. 긴 시간 노트 덕질을 하다가 도저히 마음에 드는 노트를 찾을 수 없어서 덕질의 끝판왕이라 할 수 있는 제작에 뛰어들었다.

이 책은 '펜크래프트(Pencraft)'라는 사람의 유년기부터 현재까지의 이야기, 동백문구점 오픈 및 운영 스토리, 살아오며 느꼈던 소소한 소회들을 담았다.

독자 여러분이 가볍게 읽을 수 있기를 바라지만 쓰는 과정에서 쏟은 마음은 결코 가볍지만은 않았다. 많은 기획을 거치고 노력을 들여야 편리한 물건이 탄생하는 것처럼. 이 책은 그렇게 세상에 나오게 되었다.

'21세기에 문구점이라니? 그것도 대형 체인점도 아니라고? 대체 이 사람은 뭐지?' 싶다면 이 책을 집어서 바로 계산대로 가면 된다. 궁금하다고 뒷 내용을 펼쳐 보면 스포 당한 기분일 테니까. 부디 여러분이 이 서문까지만 읽고 계산을 마쳤길 바란다.

　앞으로 누군가가 취향이 뭐냐고 물어보면 가지고 있는 문구들을 토대로 당당하게 이야기해보자. '제 취향은 ○○○입니다'라고. 아직 자신의 취향을 모르는 친구에게는 이 책을 선물하면 좋을 것이다. 만약 그 친구가 읽지 않는다 해도 본인이 읽으면 되니 밑져야 본전(?), 이라고 말씀 드리고 싶다.

차 례

1부

이 담에 크면
문구점 아저씨가 될 거야

어, 진짜
문구점 아저씨가 됐잖아?

3부

그렇게 살면
인생이 재미없지 않나요?

4부

어때요,
이렇게 살아가는 삶?

이 담에 크면

문구점 아저씨가

될 거야

오, 이게 어른들이
쓰는 연필인가?

어린아이들은 어느 정도 나이가 되기 전까지 연필로 글씨를 쓰라는 말을 들으며 자란다. 나도 어릴 땐 자연히 연필을 썼다. 연필로 한글 연습을 하고, 그림도 그리고, 덧셈 뺄셈도 하고 그랬다. 그러던 꼬마가 어느 날 깜짝 놀랄 만한 일을 경험하게 된다.

나는 어렸을 때부터 성장이 빨라 키가 큰 편이었다. 큰 키 덕분에 또래 아이들보다 시야가 넓었다. 집에서 책을 읽고 낙서를 하다가 지겨워진 나는 안방으로 들어갔다가 어머니의 화장대에 놓여 있는 연필을 발견하게 되었다. 이 연필은 투명한 플라스틱 뚜껑으로 연필심이 보호되어 있어서 왠지 더 좋아 보였다. 귀한 물건이니까 보호하는 거 아니겠는가? '왜 화장대에 연필을 꽂아 놓으시지?' 하는 의문이 들었다. '화장을 연필로 하시나?' 스스로에게 물어봤자 답이 나올 리 없었다.

어렸던 나는 호기심이 정말 많았고 궁금한 건 해봐야 직성이 풀렸다. 비싸고 좋아 보이는 연필을 화장대에서 꺼냈다. 기대에 찬 상태로 연필을 쥐고 책상에 앉아 열심히 낙서해봤다. 그때 신세계를 맛보았다. '와 연필이 다 똑같은 게 아니구나?'

당시 쓰던 홍당무(동아연필)에서 나온 연필들은 병아리나 토끼 등 각종 동물이 그려진 캐릭터 연필이었다. 그 연필은 어떤 캐릭터를 써도 필기감이 다 비슷비슷, 아니 다 똑같았다. 그런데 어머니의 연필은 정말 부드럽고 진하고 쫀득했다. 당시에는 그저 어린 마음에 '어른이 되면 연필도 좋은 걸 쓰는구나' 싶었다.

이 일을 계기로 캐릭터 연필이 아닌 다른 연필을 찾아 나서게 되었다. 그리 크지 않은 지방 중소 도시에 살았던 나는 동네에서 가장 큰 문구점(겸 서점)으로 향했다. 문화

17

이 담에 크면
문구점 아저씨가 될 거야

연필의 더존부터 파버카스텔, 스테들러(당시엔 브랜드를 몰랐고 그냥 갈색 연필, 초록색 연필, 파란색 연필이라고 생각했다. 물론 영어도 못 읽었고. 게다가 스테들러는 독일어다!) 등 다양한 브랜드의 연필이 있었다. 얼마나 정갈하게 각 잡힌 채 꽂혀 있었는지 집에 통째로 들고 가고 싶었다. 캐릭터 연필만 접했던 내겐 신선한 충격이었다.

어머니의 연필과 같은 색인 갈색의 더존을 샀다. 가격이 삼백 원으로 가장 저렴하기도 했고. 지금 생각해보면 연필 한 자루를 고심해서 고르고 동전 몇 푼을 짤랑 건네던 꼬마가(일곱 살에 백오십 센티미터였지만 말이다) 어떻게 보였을까 싶다. 귀엽게 봐주셨으려나?

부푼 마음으로 집에 와 연필을 써봤는데 이게 웬걸? 느낌이 확연히 달랐다. 어머니의 연필은 쫀득하고 부드러우며 진하게 써졌는데 더존은 흐릿하고 사각거리며 쫀득함도 없었다. 어른들이 쓰는 연필인데 어쩐지 제일 저렴하다 싶었다. 지금 생각해보면 부끄럽기 짝이 없지만 당시 나는 겉모습만 어머니의 연필을 흉내 낸 소위 '짝퉁' 제품인 줄 알았다.

결국 궁금증을 이기지 못하고 어머니께 연필의 정체를 여쭈어봤다. 그때 알았다. 그건 눈썹 그릴 때 쓰는 화장품이라는 것을. 그동안의 설렘과 기대가 모두 물거품이 되었다. 큰 문구점에 가면 같은 연필을 찾을 수 있을 거라고 생각한 나는 적잖이 실망했다. 하긴, 그 연필들에는 어머니의 연필처럼 플라스틱 뚜껑이 씌어 있지 않았다.

이 담에 크면
문구점 아저씨가 될 거야

다시 문구점으로 간
꼬마

어머니의 화장대에 있던 연필의 정체를 알고 나서 실망했지만 희망의 끈은 놓지 않았다. 분명히 문구점에는 내가 저번에 산 연필보다 비싸고 화려한 연필들이 잔뜩 있었기 때문이었다. 그리하여 다시 문구점으로 간 꼬마는 저번에 사지 않았던 연필들을 유심히 봤다. 더존 연필은 아닌 것으로 판명 났으니 아예 시선도 주지 않았다. 노란색과 검은색 줄이 번갈아가며 디자인된 연필도 있었고 파란색, 초록색 등 색색의 연필들도 있었다. 관심이 생기면 확실히 시야가 넓어진다는 걸 이때 깨달았다. 분명 저번엔 보지 못했던 지우개가 달린 연필들도 있었다.

결국 구매한 것은 노란색과 검은색 줄무늬가 있던 연필이었다. 꿀벌 같아서 귀여웠다. 지난번에 샀다가 실패했던 더존의 두 배 가까운 가격이니 당연히 더 좋지 않을까 싶었다. 기쁜 마음에 연필을 꽉 쥐고 룰루랄라 집으로 갔다. 집에 와서 글씨를 써봤는데 진하고 부드럽게 잘 써졌다. 어머니의 그것(?)과는 비교할 수 없지만 나름의 성과를 거둔 것 같아 기뻤다. 이제 와 생각해보면 더존은 HB였고 꿀벌 연필(스테들러 노리스)은 2B여서 그랬던 건데 말이다. 당시엔 알 턱이 없었다. 어린 마음에 그저 비싸면 좋구나 싶었다. (이때부터 속물 기질이 보인다. 지금은 물욕이 많이 사라진 상태로 열 평 정도의 집 하나만 갖고 싶다.)

나는 꿀벌 연필이 상당히 마음에 들었다. 초등학교를 졸업할 때까지 이 연필만 계속 썼다. 다른 친구들은 초등학교 고학년이 되면 샤프 연필을 쓸 수 있다는 기대에 부풀어 있었다. 하지만 연필의 매력에 사로잡힌 내게 샤프는 관심 밖이었다. 샤프보다는 쓰면 쓸수록 얼마나 썼는지 바로 보이는 연필이 좋았다. 연필의 길이가 짧아져 있으면 공부를 열심히 했다는 괜한 착각에 빠지기도 했다. 몽당

이 담에 크면
문구점 아저씨가 될 거야

연필을 수집하는 일도 재밌었다.

얼마나 좋으면 '샤프, 샤프' 할까 싶어 친구의 샤프를 빌려 써봤다. 연필의 사각거림과는 달리 종이를 찢는 듯한 느낌의 사각거림이었다. 샤프심을 한쪽 면으로 계속 사용하면 나중엔 필기 시 미끌미끌한 느낌이 났다.

당시엔 왜 샤프심은 미끄러운 느낌이 나는지 몰랐는데 이젠 안다. 흑연심 공정 과정에서 연필심에는 흑연과 점토를 섞어서 굽는다. 반면 샤프심은 가늘다 보니 쉽게 부러지는 것을 방지하기 위해 수지(플라스틱)를 섞어 제조한다. 단, 환경친화적인 연필이라고 하며 출시된 제품들은 점토를 섞지 않았을 수 있다. 이런 연필의 경우 샤프심과

같이 미끌미끌한 필기감을 가지고 있다.

이런 샤프 연필의 특징들이 내겐 그다지 와닿지 않았다. 사각거리는 손맛을 느낄 수 있게 해주는 연필이 더 잘 맞았으니까. 돌이켜 생각해보면 어머니의 화장대에서 우연히 발견한 연필(?) 한 자루가 내가 문구에 '입덕'하게 되는 최초의 계기가 되었다.

이 담에 크면
문구점 아저씨가 될 거야

본격 문구 덕질의
서막이 열리고

나는 내가 살던 아파트 단지에서 도보로 이십 분 정도 떨어진 다소 외딴 곳의 초등학교에서 초등학생 시절을 보냈다. 졸업 후 시내에 위치한 중학교에 입학하게 되었는데 그곳에는 엄청 크고 멋진 건물들이 가득했다. 당시 내가 다녔던 초등학교 앞에는 문구점도 없었고 매점도 없었다. 하지만 여긴 달랐다. 내가 진학한 중학교 정문 앞에는 큰 문구점이 있었다. (지금 생각하면 굉장히 작은 규모였는데 당시엔 엄청나게 커 보였다. 한 열 평 정도 됐던 것 같다.)

문구점은 매점의 역할도 겸하고 있었다. 온갖 맛있는 간식들이 가득했으니 말이다. 변두리에서 시내의 학교로

오고 나서 가장 충격을 받은 부분이 이것이다. 학교 바로 앞에 문구점이 있다는 사실. 그 문구점에는 같은 학년 친구들뿐만 아니라 선배들도 항상 뭘 사러 들락날락했다. 대부분 먹을 것들을 사갔다. 하지만 나는 그곳에서 또 한 번의 신세계를 맛보았다.

앞서 말한 대로 샤프 연필에는 별로 관심이 없었다. 그런데 당시에 선풍적인 인기를 끌던 샤프가 있었다. 일본의 유명한 문구 회사 제브라(Zebra)에서 나온 '에어 피트'라는 제품이다. 친구들은 이해하기 쉽게 '에어 샤프'로 불렀다. 손으로 쥐는 그립 부분이 말랑말랑하다며 너도나도 쓰던 제품이었다. 반 친구들 대부분이 사용했던 것으로 기억한다.

그동안 봐왔던 샤프 연필들은 역시 일본의 문구 회사 펜텔(Pentel)의 P205라는 제품의 디자인을 베낀, 일명 '제도 샤프' 혹은 '제도 1000'이라 불리던 제품이었다. 당시엔 디자인을 베낀 제품이라는 걸 몰랐다. 아마도 지금쯤 그 시절로 돌아가 추억에 잠겨 과거를 회상 중이시겠지만 혹시 모를 분들을 위해 말씀드리자면 뾰족한 주삿바늘처럼 날카로운 형태였다. 말 그대로 '샤프'하게 생겼다.

반면 제브라에서 출시한 에어 샤프는 기존에 유행하던 제품과는 전혀 다른 형태를 하고 있었다. 날카로운 형태였던 기존 샤프와는 달리 전체적으로 동글동글한 인상이었다. 앞쪽 촉도 수납이 가능해 촉까지 집어넣으면 더욱 동글동글해졌다. 또 전체적으로 잡는 부분이 굉장히 굵었다. 연필만 쓰던 내게는 신선한 충격이었다. 꿀벌 연필을 네 개 합쳐놓은 정도의 굵기였다.

같은 학년의 친구들 대부분이 자신들이 쓰는 에어 샤프를 자랑했다. 연필만 써왔던 나도 어떤지 궁금해서 결국 사보았다. (역시 궁금한 건 해봐야 한다.) 그 나이 땐 집단에 동화되고자 하는 열망이 커서였을 수도 있다. 에어 샤프는 생각보다 비쌌다. 제도 샤프가 천 원이니 이천 원쯤 하려나 했는데 삼천 원이었다. 당시 내가 쓰던 꿀벌 연필은 오백 원이었으니 무려 여섯 배나 비싼 거였다! 그래도 어쩌겠는가 궁금하면 써봐야지. 당시 내게는 아주 거금인 삼천 원이라는 돈을 내고 결국 에어 샤프를 구매했다.

수업을 마치고 집으로 돌아가면서 새로 산 에어 샤프를

쓸 생각에 굉장히 신이 났다. 집까지 도착하는 데 시간이 얼마 걸리지 않은 느낌이었다. 이제 와 돌이켜 생각해보면 에어 샤프의 그립부가 정말 말랑했는지는 모르겠다. 그냥 주변 친구들이 말랑하다고들 하니까 그렇게 생각했던 것 같다. 다른 아이들은 다 말랑하다고 하니 나 혼자 아니라고 말하면 외톨이가 된 느낌일 것 같았다.

　하지만 나 같이 생각하는 사람도 꽤 많았나 보다. 어떤 친구들은 에어 샤프 그립부에 붙어 있는 고무(에어) 부분

이 담에 크면
문구점 아저씨가 될 거야

을 어떻게 하면 부드럽게 만들 수 있을지 연구했다. 자주 주물러줘야 말랑한 젤리처럼 된다며 학교에서 수업은 듣지 않고 종일 에어 샤프 고무만 만지작대는 친구도 있었다. 그래서 그 친구의 에어 샤프는 말랑해졌을까? 눈치챘겠지만 별 차이가 없었다. 그저 너무 만지작댄 탓에 고무가 늘어나 보기 싫은 모양이 됐을 뿐.

에어 샤프가 당시 중학교 일 학년에게는 꽤 고가인 삼천 원이었으니, 다들 에어 샤프는 특별히 더 말랑하다는 자기 최면을 걸었던 듯하다. 합리적인 소비였다는 자기 합리화를 하기 위해서.

이후 얼마 지나지 않아 학교 앞 문구점에 새로운 색상의 에어 샤프가 들어왔다. 그때부터 나는 군것질할 돈을 줄여가며 에어 샤프를 색깔별로 모으기 시작했다.

이 담에 크면
문구점을 열어야지

에어 샤프를 색깔별로 다 사서 모으는 동안 문구점 아저씨가 부러워졌다. '아저씨는 가장 먼저 신상품을 받아보고, 사용해보고, 맛있는 간식거리들도 마음대로 먹을 수 있겠지'라는 생각이 들었다. 참 어리석은 생각이었다. 문구가 좋아서 문구점을 차리고 싶다니…… '나도 이 담에 크면 학생들에게 선망받는 물건들과 군것질거리들이 가득한 문구점을 학교 앞에 열어야지' 하고 결심하고부터는 아저씨의 일거수일투족이 더 눈에 들어왔고 문구점에 갈 때마다 유심히 관찰하게 되었다.

특히 뇌리에 강하게 꽂혔던 장면은 박스에서 에어 샤프

이 담에 크면
문구점 아저씨가 될 거야

를 수십 자루씩 꺼내는 장면이었다. '저게 다 얼마야?'라는 생각이 먼저 든 걸 보면 어쩔 수 없는 자본주의하의 중학생이었나 보다. 얼핏 봐도 백 자루 정도였으니 삼십만 원 이상일 테다. 모든 색상을 다 모으고도 남겠다 싶어 진심으로 부러웠다. 나는 그때 에어 샤프 바라기였으니까. 알록달록한 자태에 시선이 고정되어 문구점을 떠날 수 없었다. 보기만 해도 흐뭇한데 아저씨는 얼마나 좋을까 싶었다. '그래서 항상 웃음이 끊이질 않나?' 하는 어리석은 생각도 했었다. 그냥 아저씨는 많은 아이들이 찾아오는 문구점을 좋아했던 것뿐일 텐데.

문구점은 우리 학교 학생들로 항상 북적북적했다. 신제품이 나오는 날엔 아저씨의 입꼬리가 유독 높이 올라갔다. 나는 무조건 문구점을 차려야겠다 싶었다. 딱 이렇게 학교 앞에서 학생들을 상대로 하는 문구점을. 아니, 더 큰 문구점을. 새로 나오는 샤프 연필이나 볼펜들도 먼저 사용해보고 좋은 것만 들여 와 팔고 싶었다. 분명 다른 사람들도 좋은 필기구를 찾고 있을 테니까.

당시 나는 노트는 아무거나 썼지만 필기구만은 항상 좋

은 걸 선택했다. 각 제품마다 미묘한 차이를 느낄 수 있었다. 그리고 좋은 필기구를 썼던 가장 큰 이유는 공부가 잘 되는 느낌이 들었기 때문이다. 왠지 글씨도 더 잘 써지는 것 같고. 아마 나만 이런 기분을 느껴본 건 아닐 테다.

문구 덕후의 입장에서 '여러 필기구들을 써보고 좋은 것만 추려 판매하면 얼마나 장사가 잘 될까?' 하는 생각을 항상 품고 있었다. 이것저것 잡다하게 갖다 놓지 말고 정말 좋다고 생각하는 필기구 몇 종류만 집중적으로 진열하는 거다. 당시엔 다소 좋지 않은 제품도 있어야 좋은 제품이 더 돋보인다는 생각은 하지도 못했다. 좋은 필기구만 있으면 인기가 많을 거라는 순수한 생각뿐이었다.

지금 운영하는 동백문구점에서 이런 순수한 생각을 실현하고 있다. 이제는 품질이 조금 떨어지는 제품도 갖다 놓아 비교가 되어야 좋은 제품이 부각된다는 걸 알지만 어쩐지 뭔가를 속이는 느낌이라 하지 않고 있다. 학교 다닐 때의 결심처럼 큰 문구점이라는 목표는 이루지 못했지만 좋은 제품만 갖다 놓는 문구점이라는 목표는 이룬 셈이다.

신상품, 대체
언제까지 나올래?

에어 샤프는 모아도 모아도 새로운 색깔이 계속 출시됐다.
이미 많은 색상을 사 모은 입장에서도 새로 나오는 에어
샤프를 사지 않을 수 없었다. 입고될 때마다 사고 또 샀다.
'그' 샤프가 등장하기 전까지는 말이다.

중학교 한 학년을 올라가고 나서였을까? 친구들로부터
문구점에 새로운 샤프 연필이 나왔다는 말을 듣고 한달음
에 달려갔다. 그곳에는 정말 생전 처음 보는 샤프가 있었
다. 에어 샤프처럼 몸통이 굵고 동글동글하게 생겼으나 그
립부가 훨씬 더 말랑말랑한, 그야말로 진짜 젤리 같은 느
낌이었다. 정식 이름은 '유니 알파겔'인데 애들은 그걸 에

어 샤프처럼 이해하기 쉽게 '젤리 샤프'라고 불렀다.

나도 질 수 없지. 오래해온 에어 샤프 수집에서 젤리 샤프 수집으로 갈아탔다. 더 좋아 보이는 문구가 생기니 에어 샤프는 눈에 차지도 않았다. 그렇게 젤리 샤프 덕질이 시작되었다. 에어 샤프에게 품었던 덕심이 젤리 샤프로 옮겨 갔을 뿐 그 수집벽은 어디 가지 않았다. 결국 젤리 샤프도 새로운 색상이 대거 나왔고 내 용돈은 점점 부족해져갔다. 삼천 원이었던 에어 샤프에 비해 젤리 샤프는 무려 두 배 가까운 가격인 오천 원이었기 때문이다! 문구점 아저씨는 좋아하셨겠지?

하지만 문구는 무릇 '떼샷(떼 지어 놓고 찍은 사진)'이 진리다. 색깔별로 에어 샤프나 젤리 샤프들을 모아 진열할 때면 마음 깊은 곳에서부터 아름다움의 쓰나미가 몰려왔다. '역시 문구는 떼샷이지!'라고 합리화하며 열심히 젤리 샤프를 샀다. 가격이 가격인지라 에어 샤프보다 모으는 속도가 더 오래 걸렸다. 당시 중학생 용돈이야 뻔하니까. 가진 것에서 최대한 아끼며 젤리 샤프를 사 모았다.

같은 시대에 부의 상징으로 통하던 펜이 있었으니……

이 담에 크면
문구점 아저씨가 될 거야

이름하야 '파이롯트 하이테크' 되시겠다. 아마 다들 기억할 거라고 생각한다. 굉장히 센세이션하고 엘레강스하며 럭셔리하고 뷰티풀한 펜으로서 한 시대를 풍미했기 때문이다. 지금은 같은 회사에서 쥬스업이라는 볼펜(내가 생각하기에 하이테크의 완벽한 상위 호환 버전이다. 잉크 발색도 더 뛰어나고 색상도 다양하고 내구성도 좋고 노크식이라 쓰기도 간편하다. 그립부엔 고무가 덧대 있어 그립감도 좋다)이 나와서 그런지 대형 문구점에 가봐도 예전처럼 하이테크 앞에서 서성거리는 아이들의 모습을 보기가 쉽지 않아졌다.

하지만 당시에는 하이테크가 단연 탑 클래스 펜이었다. 남자만 있는 중학교라 그런지 펜을 좋아해도 전 색상을 다 모으는 친구들보단 '검빨파(검정, 빨강, 파랑)' 국룰 삼색을 사서 쓰는 친구들이 많았다. 하지만 학원에서 여자(인) 친구들의 필통을 구경하다 보면 색색의 하이테크와 형광펜들이 가득한 경우가 많았다. 또 나처럼 샤프를 색색으로 모으는 경우보다 하이테크를 색색으로 모으는 경우가 더 많았다. 샤프는 껍데기 색만 바뀌지만 하이테크를 사면 내용물인 잉크 색까지 바뀌기 때문이지 않았을까 싶다.

다양한 잉크 색을 가진 하이테크를 갖고 싶다는 욕심은 노트 필기할 일이 많은 학생들에게 당연한 마음이었다. 실제로 수학을 제외하면 노트 필기 시 볼펜을 사용하는 경우가 압도적으로 많기도 했고. 볼펜 하나에 너무 많은 돈을 쓰기 아깝다고 생각하는 친구들은 동아펜에서 나온 하이테크의 짝퉁(?)인 파인테크를 많이 사용했다. (당시 오천 원짜리 젤리 샤프를 모으던 나에겐 하이테크의 천팔백 원이라는 가격은 천사 같았다.) 웃프지만 당시 파인테크는 '빈자의 하이테크'라는 별명으로 불렸다. 호기심이 많아 펜이라면 이것저것 다 써봤는데 확실히 하이테크 쪽이 파인테크보다 발색도 더 좋고 잉크도 부드럽고 균일하게 나왔다.

하이테크가 고장 나면 그렇게 슬픈 일이 또 없었다. 촉이 약해 살짝 콕, 찍히거나 조금만 필압을 세게 주어도 잉크가 나오지 않거나 끊어지는 경우가 흔했다. 네이버에서 하이테크를 검색하면 '하이테크 고치는 법' 포스팅이 정말 많았으니 어느 정도인지 짐작이 될 것이다.

하이테크, 파인테크와는 조금 결이 다르지만 동아펜에서 나온 향기 나는 미피펜도 마니아가 많았다. 뚜껑을 열면 과일 향이 났고 잉크 발색도 진하고 필기감도 좋아 인기였다. 가격도 저렴했고. (단점이라면 두 펜에 비해 다소 획이 굵게 나왔다.) 아이들은 이제 샤프를 여러 개 모아 자랑하기보단 색색의 하이테크로 필기한 노트를 펼쳐 보이기 시작했다. 주변 친구들이 그렇게 '좋다, 좋다' 하니까 나도 안 사고는 못 배겨 결국 샀다. (빌려 써보면 필기감을 제대로 느낄 수 없다는 게 내 지론이다. 아무래도 조심하며 쓰게 되고 내 것이란 느낌이 없으니까. 책도 마찬가지가 아닐까? 그러니 이 책을 빌려 읽으려고 했다면 부디 사서 봐주시길.)

부푼 마음을 안고 없는 살림에 과감히 검빨파 삼색을 질렀지만 완전히 실패였다. 긁는 느낌이 너무 심해 종이를 찢을 듯했으며 당시 필체가 엉망진창이었는데 가느다란 촉을 사용하니 자음과 모음 사이의 공간이 적나라하게 드러나 글씨가 더 보기 싫었다. 덕분에 하이테크를 모을 돈으로 빠르게 젤리 샤프를 모을 수 있었다. 천만다행이지, 하이테크까지 마음에 들었으면……. 어휴, 생각만 해도 아찔하다.

이 담에 크면
문구점 아저씨가 될 거야

지금은
국민 볼펜이 되었지

샤프 연필(모으기)과 함께한 중학교 생활을 마치고 고등학교에 입학했다. 하지만 고등학교엔 아쉽게도 학교 앞 문구점이 없었다. (나는 남중 남고 코스를 밟았다…….) 십 분 정도 거리의 여고 근처엔 꽤 큰 문구점이 있어 그곳을 자주 이용했다. 남고에서 생활하며 학교 앞에 문구점이 왜 없는지 깊이 깨달았다. 나도 문구점을 연다면 남고보다는 여고 근처에 열겠다고 생각했다.

성별 차이로 일반화하기는 조심스럽지만 우리 학교의 경우 대부분 주머니에 삼색 볼펜과 샤프로 구성된 멀티펜 한 자루만 들고 다니는 친구들이 많았다. 그런 멀티펜 하나만 있으면 한참을 쓰니 문구점이 잘 될 리가 없다. 반면 여고 앞의 문구점에는 온갖 다양한 신제품이 많았다. 자연히 갈 때마다 신제품이 있나 찾아보고 없으면 안 써본 펜을 하나씩 테스트해볼 요량으로 사곤 했다.

당시 나는 부드러운 필기감의 볼펜을 좋아했다. 발색은 그다지 좋지 않지만 필기감이 좋은 BIC의 4색 볼펜을 주로 사용했다. 어느 날 우연히 여고 앞 문구점에 들렀다가 문구 덕후 인생 세 번째로 큰 충격을 받았다. (첫 번째는 어머니의 연필, 두 번째는 시내 중학교 앞의 큰 문구점이었다.)

신상 볼펜이 나왔다는 문구점 아저씨의 말을 듣고 테스트했다가 뒤로 나자빠질 뻔했다. 예전에 어머니의 화장대에서 우연히 발견한 연필을 썼을 때의 감동 그대로였다고나 할까. 마치 유리판 위에서 구슬을 굴리는 필기감이라고 할까. 아이스링크에서 스케이트를 타는 듯한? 스키장에서 스키를 타며 내려오는 듯 매끄러운 필기감을 보여줬다. (사실 겁이 많아서 스케이트, 스키를 타본 적이 없는 건 함정.)

BIC이 뻑뻑함을 살짝 지닌 부드러움이라면 이 펜은 물 흐르듯 부드러운 느낌이었다. BIC의 부드럽지만 어딘가

41

이 담에 크면
문구점 아저씨가 될 거야

뻑뻑한 필기감과 흐리멍텅한 잉크 발색이 불만이었던 나는 이 볼펜을 검빨파 삼색 세트로 사서 나왔다. 이후로 학교에서 필기할 때마다 황홀한 손맛을 느끼며 사용하곤 했다. 내가 이상형으로 생각한 볼펜 그 자체였다.

확실히 필기구가 마음에 들어야 쓸 맛이 난다. 원래 필기보다는 눈으로 여러 번 읽으며 공부하는 타입이었는데 마음에 드는 볼펜 하나가 생기니 자꾸 글씨를 쓰며 공부하고 싶어졌다. 주변 친구들한테도 신상 볼펜이 나왔는데 써보라며 추천했다. 잘 만들어진 물건은 이렇게 사용자의 진심에서 우러나온 홍보로 입에서 입으로 전해지는 게 아닐까 싶다.

하지만 친구들은 하이테크에 길들여져서(?) 그런지 유성 볼펜은 쳐다보지도 않았다. '이렇게 좋은 볼펜을 왜 몰라보지?' 하며 정말 안타까워 하던 생각이 난다. 이미 눈치챘을 수도 있겠지만 이 볼펜은 이제는 국민 볼펜이 된 '유니 제트스트림'이다. 하이테크에 버금가는 가격을 가지고 있던 이 볼펜은 하이테크처럼 잘 고장 나진 않았지만 기존 유성 볼펜보다 묽은 잉크 탓에 잉크가 금방 소모된다

이 담에 크면
문구점 아저씨가 될 거야

는 게 유일한 단점이었다.

지금은 할인도 많이 하는데다 물가가 상승함에 따라 화폐 가치도 하락해서 상대적으로 저렴해졌다. 그로 인해 국민 볼펜이 된 게 아닐까 싶다. 무조건 싼 것보다는 어느 정도 가격을 지불하더라도 좋은 제품을 쓰고자 하는 인식의 변화도 한몫했을 것이다.

이후 여고 앞 문구점에 또 우연히 들렀다가 사장님께 신상 볼펜이 나왔다는 소식을 들었다. 사장님은 새로 나온 이 펜이 정말 좋다며 저쪽 시필 종이에 써보라고 하셨다. 적극 추천이라는 워딩(?)에 한껏 기대감이 부풀었다. 신제품 코너에 가서 보니까 이번엔 중성펜이었다.

하이테크 같아 보였지만 하이테크와는 달리 촉 부분이 강하게 생겼고 쓸 때 안정감도 느껴졌다. 획의 시작과 끝부분에 남는 잉크 자국도 하이테크에 비해서 훨씬 덜했다. 하지만 하이테크와 마찬가지로 종이를 긁는 느낌이 있었고 가는 획 때문에 내 글씨의 민낯을 보여주는 것 같아 별로 만족스럽지 않았다.

주변 친구들은 하이테크에서 다 이 볼펜으로 갈아타기

시작했다. 확실히 유성펜보단 중성펜이 강세였다. 아무래도 깔끔하게 써지고 발색도 진하다 보니 필기용으로는 최고의 조건이었다. 펜에 관심이 있다면 눈치챘겠지만 이 펜은 바로 제트스트림과 같은 회사에서 나온 '유니 시그노'다.

이때부터 유니 천하가 시작했다. 유성펜에 이어 중성펜까지 한국 시장을 접수해버렸다. 난 친구들이 시그노가 아무리 좋다고 해도 여전히 유성펜인 제트스트림이 좋았다. 하지만 나중에 0.7mm가 나오고 시그노에 빠진 건 함정.

이 담에 크면
문구점 아저씨가 될 거야

어떤 펜을 써도
예전만큼 즐겁지 않아

아무리 좋은 말도 계속 들으면 무뎌지고, 아무리 좋은 제품도 계속 사용하면 일상이 되어버리듯 고등학교 졸업을 앞둔 내가 딱 그랬다. 문구 권태기가 와버렸다. 이제는 그렇게 좋아하던 제트스트림을 써도 시들시들했다. 예전의 그 감동과 울림이 사라졌다. 고등학교도 졸업하지만 이제 제트스트림도 졸업해야겠다는 생각이 들었다.

졸업을 앞두고 남는 게 시간이라 온오프라인 할 거 없이 문구점들을 시도 때도 없이 들락날락거리며 신상품이 나오지 않았는지 수시로 확인했으나 색상만 새로 추가될 뿐 권태를 해소할 만한 획기적인 펜은 나오지 않았다.

아, 획기적인 펜이 하나 있긴 했다. 하이테크를 만든 파이롯트사에서 지워지는 볼펜이라는 게 나왔다. 이름은 프릭션. 안 사고는 못 배기는 스타일이라 발견하자마자 검빨파 삼색을 샀다. 문구점에서 썼던 느낌과는 다르게 집에 와 써보니 잉크가 굉장히 흐릿해서 가독성이 좋지 않았다. 개인적으로 지우는 건 어차피 수정 테이프가 있으니 상관없다고 생각한다. 물론 덮어 쓰는 거라 티가 나긴 하지만. 이렇게 티 나게 지우는 걸 싫어하는 분은 프릭션이 좋을 수도 있다.

내겐 '필기감이 부드러운가?'와 '잉크 발색이 선명한가?'가 펜을 보는 최우선 조건이다. 하지만 프릭션은 필기감도 부드럽지 않을 뿐더러 잉크까지 연하니 나로서는 쓸 이유가 없었다. 권태에 빠진 나는 약물 중독자들이 투약을 하면 할수록 더 강하고 많은 용량을 찾듯 더욱 자극적이고 획기적인 펜을 찾기 시작했다. 그러다 찾은 게 말로만 듣던 만년필이었다.

만년필은 내게 전설의 포켓몬 같은 느낌이었다. '만년필=몽블랑=백만 원'이라는 선입견이 있었기 때문이다.

이 담에 크면
문구점 아저씨가 될 거야

실제로 네이버에 만년필이라고 검색해 맨 위에 나오는 사이트에 들어가 살펴보니 역시나 가격이 어마어마했다. 그림의 떡이지만 아이 쇼핑은 항상 재미있으니까, 열심히 사이트를 유영했다. 십만 원대의 만년필도 꽤 멋있었다. 하지만 몇 천 원대의 볼펜만 쓰던 내겐 너무 비싸다는 생각이 들었다.

그러던 와중에 삼만 원대의 저렴한 만년필을 발견했다. '라미 사파리'라는 제품이었다. 생긴 건 사실 크게 마음에 들지 않았지만 저렴하기도 했고 이곳저곳에서 입문용 만년필로 가장 많이 입에 오르내리길래 결제하는 데 망설임이 없었다. 그전에 이미 삼천 원밖에 안 하는 중국산 만년필로 입문을 시도해봤는데 개인적으로 필기감이나 안정성 면에서 마음에 들지 않았었다.

중국산 아닌 독일산을 샀다는 것(중국 비하는 아니다), 나름 비싼 가격의 만년필에 굉장히 기대를 걸고 배송이 오기를 기다리고 있었다. 도착했다는 문자를 받고 허겁지겁 뜯어 써보니 확실히 중국산 만년필이랑은 급이 다른 필기감을 보여줬다. 글씨가 굵게 써지긴 했지만 종이에 잉크가 촉촉하게 스며들며 부드러운 필기감을 느낄 수 있었다. 또, 종이 위에 흑연이나 잉크를 한 겹 덧바르는 연필이나 볼펜과는 달리 잉크를 종이에 스며들게 해서 글씨를 쓰는 만년필은 써놓고 나서 다시 읽었을 때 비교할 수 없을 정도로 가독성이 좋았다. 종이와 글씨가 원래부터 하나인 느낌이라고 할까?

인간의 욕심은 끝이 없다고 하지 않는가. 라미 사파리를 쓰다가 문득 궁금해졌다. 삼천 원짜리 중국산 만년필보

이 담에 크면
문구점 아저씨가 될 거야

다 삼만 원짜리 라미 만년필이 좋다면 오만 원, 십만 원짜리 만년필은 어떨까? 눈치 빠른 독자님이라면 이런 전개를 예상했을 것이다. 좀 더 찾아보니 '파카45'라는 만년필이 입문용으로 좋다고 해서 또 구매했다. 이건 훨씬 더 부드럽고 좋았다. 나는 깨달았다. '아, 비쌀수록 좋구나!'

이런 경험을 하고 나니 눈이 높아졌다. 십만 원대의 '워터맨 엑스퍼트3'을 샀는데 신세계를 경험했다. 외관부터 황동이라 튼튼했다. 촉도 단단하고 적당히 서걱서걱했으며 디자인도 클래식했다. 마치 중무장한 중세의 기사 같았다. 워터맨 엑스퍼트3은 나의 인생 펜이 되었다.

이후 더 비싼 펜을 찾게 되었고 이것저것 사다가 무리해

서 결국 몽블랑까지 사게 되었다. 처음엔 가격에 놀라 힉, 하던 그 펜을 사고 만 것이다. 십만, 이십만, 삼십만 원 펜 등을 몇 자루 사니까 막상 펜이 많아도 매번 쓰지 못해 잉 크가 굳었다. 가격을 다 더하면 몽블랑을 넘어섰다. '이럴 바엔 그냥 몽블랑 하나 사고 끝낼 걸' 하는 생각이 들었다.

간절히 원하던 펜이라 그런지 애지중지하며 쓰게 되었 다. 몽블랑을 쓴다는 행위는 어떤 의식을 치르는 것과 같 았다. 모든 만년필 입문자들의 로망의 펜 아닌가. 솔직히 필기감이 압도적으로 좋은지는 모르겠다. 그냥 몽블랑이 라는 브랜드 자체, 캡 상단의 고급스러운 로고 장식 등이 나를 홀리게 했다. 시간이 지나고 지겨워질 법도 한데 이 런 황홀한 기분은 계속되었다. 볼 때마다 펜이라기보다는 일종의 예술 작품 같았다. 필기감만 따졌을 때는 트위스 비 만년필이나, 워터맨 엑스퍼트3, 워터맨 까렌, 파카 듀 오폴드 제품이 내겐 훨씬 좋았다. 아마 부담 없이 편하게 써서 그렇게 느꼈을 수도 있다. 몽블랑은 아무래도 모시면 서 쓰게 되니까.

만년필은 물론 다른 취미를 갖고 있는 분들도 공감할

이 담에 크면
문구점 아저씨가 될 거야

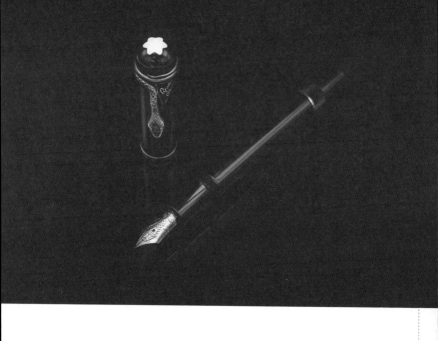

거라고 생각한다. 입문용이라고 해서 입문했다가 점점 더
좋은 제품에 눈이 돌아가서 하나둘 모으다 보면 '아, 그냥
하이엔드 끝판왕 하나 사서 오래오래 잘 쓸 걸……' 하는
생각이 든다. 하지만 끝판왕을 산다고 해도 그걸로는 만족
하지 못하고 끝판왕 모델이 여러 개가 되는 현상이 일어난
다. …… 철이 없었죠, 만년필에 빠져 몽블랑까지 사게 되
다니.

글씨를 교정하고 싶은데
방법을 모르겠네

많은 사람들이 그렇듯 나도 과시욕을 품고 있다. 없는 살림에 몽블랑을 사고 나니 자랑하고 싶은 마음이 솟구쳤다. 만년필을 자랑하기 위해 예쁜 카페에서 펜 사진을 찍었다. 만년필 그 자체의 모습은 예뻤지만 어딘가 심심한 느낌이 들었다. 요즘 만년필은 필기할 수 있는 액세서리에 가깝다고 생각한다. 그래도 '펜에는 글씨가 빠지면 안 되지' 싶었다.

최대한 정성 들여 글씨를 쓴 뒤 펜을 옆에 놓고 사진을 찍었다. 결과는 대참사였다. 몽블랑 만년필의 품격(?)에 걸맞지 않은 초등학생 글씨 그 자체였다. 몽블랑은 고급스

이 담에 크면
문구점 아저씨가 될 거야

럽고 세련된 이미지인데 내 글씨는 그저 구불구불한 지렁이가 따로 없었다.

군대에 있을 때 선임이 글씨를 어른스럽게(?) 잘 쓰는 모습을 본 이후로 그 사람이 완전 다르게 보였던 적이 있었다. 글씨만 잘 썼을 뿐인데 뭔가 지적으로 보이고 인상도 깔끔하게 느껴졌다. 나도 다른 사람들과 마찬가지로 디지털 시대라고 손글씨를 등한시했는데 이때 엄청난 충격을 받았다. 부모님께서 왜 그렇게 어른스러운 글씨를 강조했는지도 알 것 같았다.

'서여기인(書如其人), 글씨는 곧 그 사람이다'라는 말이 있다. 갑자기 그 사람의 이미지가 지적이고 깔끔해 보이는 경험을 하고 나니 이 말이 바로 이해됐다. 그럼 글씨 연습을 해서 잘 쓰게 되면 내 이미지도 좋아진다는 거겠지?

글씨를 멋있게 쓰고 싶다고 생각하고 나서 연습할 방법을 찾아봤다. 막연히 시작하려니 딱히 정보가 없었다. 시중에 나와 있는 펜글씨 교본을 거의 다 주문했다. 가장 눈에 띄는 책이 있었는데 『악필 교정의 정석』이란 책이었다. 직선으로 곧게 이루어진 글씨가 가득해 이 책만 따라 쓰면

뒤죽박죽인 글씨가 쉽게 교정될 것 같은 느낌이었다.

일주일 정도 연습했나? 예상대로 역시나 재미가 없었다. 글씨 모양이 내 스타일은 아니어서 더 하기 싫었나 보다. 스스로 조금 변형해보기로 했다. 책을 따라 쓰는 건 중단하고 원고지에 나만의 방식대로 초성, 중성, 종성의 모양을 각각 생각하며 써봤다. 다 쓰고 나서 마음에 들지 않는 글씨는 마음에 들 때까지 수정하며 다시 썼다. 이렇게 나름의 분석을 통해 글씨 보는 눈을 키울 수 있었다. 어느 정도 이 글씨가 손에 익자 꺾임 장식 글씨(정자체)를 써보고 싶어졌다.

이번엔 어릴 때처럼 대충 따라 쓰듯 쓰지 않고 획 하나하나 분석하며 써내려갔다. 책 옆에다 바로 쓸 때는 나름 괜찮은 거 같은데 막상 다른 노트에 쓰면 볼품없는 글씨가 되어버렸다. 그래도 이번엔 정말 쓰고 싶던 글씨였던 만큼 꾹 참고 한 권을 다 떼었다.

다른 정자체 책을 쓰려는데 계속 책만 따라 쓰니까 지겨웠다. 머리도 식힐 겸 생각도 정리할 겸 무작정 자주 가던 서점에 갔다. 하릴없이 둘러보던 와중에 평소엔 어디에 사용하는지조차 의문이었던 방안 노트가 눈에 띄었다. 책에서 빈 네모 칸에 쓰도록 가르치기 때문에 네 칸을 하나의 빈 네모 칸으로 생각하면 가로세로 중심이 잡힐 것 같아 무작정 사 들고 왔다. 정말 그땐 글씨 교정에 푹 빠져 있었다.

막상 집에 와서 네 칸에 글자 하나를 쓰려고 하니 어딘가 이상했다. 뚱뚱하니까 홀쭉하게 써보자 하고 위아래 각 한 칸씩, 총 세로로 두 칸 안에 글씨를 쓰되 좌우로 긴 획들은 칸을 벗어나도 되게끔 썼더니 보기에 좋았다. 서예 작가들의 작품집을 보니 세로획이나 초성, 종성이 다 한 선에 일자로 정렬된 느낌이 있었다. 물론 실제 선은 없었지만 마치 가상의 선이 있다는 느낌으로 곧게 정렬되어 있었다.

방안 두 칸 중 가장 우측 세로 선에 맞춰 보았다. 그리고 서예 작품집에서 본 것처럼 가로가 아닌 세로로 써보았다. 유레카! 엄청난 발견이었다. 서예 작품집에서 왜 그렇게 썼는지 바로 알 수 있었다. 가로 쓰기로 글줄이 파도칠 때보다 세로로 쓰니 훨씬 더 정돈된 느낌이었고 글자 하나하나 뜯어봐도 정돈된 데서 나오는 안정감이 생겨서인지 더욱 보기 좋았다. 물론 지금 보면 매우 부끄럽지만 말이다.

이때부터 방안 노트에 연습하기 시작했다. 연습하는 동안 글씨 쓰는 노하우, 보는 눈, 나름의 공식도 생겨났다. 이것들을 체계적으로 정리해나갔다. 방안 노트 연습법을 만들면서 글씨를 쓰니 훨씬 재밌었다.

연습을 하려면 글귀가 필요했다. 처음엔 네이버에 명언을 쳐서 하루에 한 개 정도 쓰면서 써놓은 글씨를 복기한 뒤 수정해나갔다. 명언만 쓰다 보니 그 말이 그 말 같아서 지겨워졌다. '새로운 게 없을까?' 하고 글귀를 찾기 위해 잠시 멀리했던 책을 다시 폈다. 좋아하는 책의 내용을 그대로 베껴 쓰며 글씨 연습을 하기 시작했다. 나중에 알고 보니 이게 '필사'라는 행위였다.

글씨 연습을 목적으로 책을 다시 펴기 시작하니 자연히 독서량도 늘었다. 필사를 하면 읽는 속도가 더딜 수밖에 없다. 쓰는 도중 뒷 내용이 궁금해서 참을 수 없게 된다. 자연히 뒷 내용을 읽다가 책에 빠져든다. 이렇게 책을 읽

이 담에 크면
문구점 아저씨가 될 거야

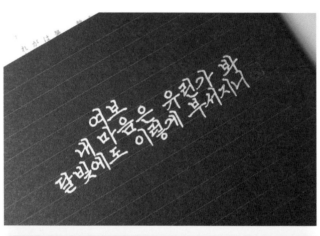

여보
내 마음은 유린가 봐
달빛에도 이렇게 부서지니

Ipse se nihil scire id
unum sciat.

고 글씨를 쓰는 일이 내겐 힘들 때 마음을 치유하는 방법이 되었다. 즐거운 취미기도 했고.

지금은 시간을 많이 내진 못하지만 자유가 주어진다면 일주일 동안 방에서 필사만 하고 싶을 정도로 좋아하는 일이 되었다. 일주일간의 필사, 먼 훗날 홀로 떠날 필사 여행을 상상만 해도 짜릿하다.

이 담에 크면
문구점 아저씨가 될 거야

평범한 나도
유명해질 수 있을까?

나는 네이트온, 싸이월드 세대였지만 쓸 줄은 몰랐다. 인터페이스가 너무 복잡하고 알아야 할 게 많았다. 내게 SNS는 그저 다른 세계 이야기였다. 이후 트위터, 페이스북이 등장했지만 네이트온이나 싸이월드보다 더 어려웠다. 당연히 활용하지 못했다.

그러던 어느 날 우연한 기회에 인스타그램이라는 SNS를 발견하게 되었다. 페이스북, 트위터, 싸이월드 등과 달리 매우 직관적이었고 편했다. SNS 무식자인 나도 설치하자마자 첫 글을 쓸 수 있을 정도였으니 말이다. 단순하게 사진을 찍고, 올릴 것을 선택하고, 게시를 누르면 됐다. 나중에 해시태그란 걸 쓰면 다른 사람이 내 게시물을 찾아볼 수 있다는 것을 알게 되었다. 어느 순간부터 해시태그를 조금씩 달아봤다. 모르는 사람에게 '좋아요'를 받는 기쁨이 뭔지 느낄 수 있었다. '이 맛에 SNS 하는 거구나' 싶었다.

글씨 연습도, 필사도, 독서도 혼자 하면 권태에 빠질 때가 분명히 온다. 그걸 극복하기 위한 방법은 '같이 하기'라고 생각한다. 마라토너는 혼자 뛸 경우 심장에 무리가 가서 쓰러질 수도 있다고 한다. 그래서 옆에서 같이 뛰어주는 페이스 메이커가 필요하다. 나에게 인스타그램이라는 SNS는 페이스 메이커가 아니었나 싶다.

많은 분들이 내게 물어본다. '언제 글씨를 완성하게 됐나요?' 대답은 항상 같다. '요즘도 계속 연습하는 중'이라고. 인스타그램과 유튜브 콘텐츠 크리에이터 활동을 하다 보니 좋든 싫든 기록을 하게 되고 매년 비교해볼 수 있다. 현실에 만족하는 순간 더 이상 발전은 없다고 생각한다. 더 나아질 필요를 느끼지 못하니까. 따라서 내 글씨는 항상 현재 진행형이라고 할 수 있다.

SNS에서 모르는 사람의 반응을 얻는 게 좋았다. 살면서

이 담에 크면
문구점 아저씨가 될 거야

처음 느껴보는 경험이었다. 인스타그램을 열심히 하다 보니 감사하게도 나를 좋아해주는 분들이 많이 늘어 팔로워가 3천 명 가까이 됐다. 처음엔 욕심 없이 그저 매일 글씨 연습을 할 동기 부여 계정 정도로 생각했지만 팔로워가 어느 정도 생기니 더 많은 팔로워를 만나고 싶어졌다. 인간의 욕심은 끝이 없다는 말이 맞나 보다.

처음으로 SNS를 공부해야겠다고 마음먹었다. 유튜브, 책, 블로그 등을 보면서 인스타그램 노출 원리에 대해 공부하기 시작했다. 비즈니스 계정이라는 게 나와서 비즈니스 계정으로 전환하고 나니 인사이트를 볼 수 있었다.

어느 날 올린 게시물 하나의 좋아요 수가 다른 게시물에 비해 다섯 배나 많이 나왔다. 얼떨떨하기도 하고 궁금하기도 해서 처음으로 인사이트를 눌러봤다. 거기에는 '기타'라고 된 곳에서 구십 퍼센트가 넘는 사람이 조회했다고 되어 있었다. (지금은 해시태그 유입과 탐색 유입으로 나뉘어 있지만 당시엔 기타로 표시되었던 걸로 기억한다.) 기타가 뭔가 궁금해서 찾아보니까 인스타그램 아래 탭에서 왼쪽 두 번째 돋보기 모양을 눌렀을 때 뜨는 관심사 기반 추천

게시물 시스템이라고 하더라. 그럼 이 시스템에 어떤 게시물들이 많이 뜨는지 분석해봐야겠다 싶었다.

인스타그램 탐색 탭(돋보기)을 눌러보니 항상 우측 최상단에 커다랗게 영상 콘텐츠가 재생되고 있었다. 조금 내리다 보면 좌측에도 큼직하게 영상이 재생되고 있고. 그 영상들을 눌러보니 좋아요 수가 장난이 아니었고 팔로워도 상당히 많았다. 그동안 글씨 사진만 올렸는데 '아, 영상을 제대로 촬영하고 편집해서 올리면 이렇게 추천 탭에 뜨나 보다' 싶었다.

나는 실행력이 빠른 편으로 꼭 필요한 투자라고 생각하면 많이 재지 않고 투자한다. 가장 먼저 뭘 해야 할지 생각해봤다. 동영상을 퀄리티 있게 찍으려면 당연히 핸드폰으로는 안 될 거라 생각했다. 파나소닉의 G7이라는 카메라를 구매했다. 오래전에 산 이 카메라가 아직도 내 메인 카메라다. 카메라 세팅 방법과 편집 프로그램 사용 방법을 공부하는 데 적지 않은 시간이 들었다.

필수적인 정보들을 익히고 카메라도 준비됐으니 심혈을 기울여 영상을 찍어 올려봤다. 기대를 완전히 벗어났

이 담에 크면
문구점 아저씨가 될 거야

다. 사진보다 반응이 없어서 충격이었다. 그래도 제대로 촬영 및 편집을 한 건 처음이라 그런지 영상 만드는 일이 재밌었다. 동영상 하나를 만들 때마다 해냈다는 마음과 함께 각별한 애정이 생겨났다.

꾸준히 일주일 정도 올렸을까? 갑자기 알림 창에 불이 나기 시작했다. 핸드폰이 계속 부르르 떨었다. 무슨 일인가 싶어 인스타그램에 들어가 확인했다. 어제 올린 동영상의 조회수가 폭발하고 있었다. 이에 따라 팔로워 숫자도 빠르게 늘었다. 짜릿했다. 앞으로 이렇게 꾸준히 해야겠다고 마음먹었다. 5천 명, 8천 명, 2만 명…… 동영상을 보고 팔로우해주는 분들이 폭발적으로 늘었다.

이후 인스타그램의 라이브 방송 기능을 알게 됐다. 방송을 켜서 글씨를 쓰며 소통했다. 어느 날 많은 구독자를 가진 유튜버인 '손그림 그리기' 님이 방송에 들어오셨다. 라이브 방송을 유튜브에서 하는 게 어떻겠냐고 제안해주셨다. 유튜브로 하면 카메라를 연결해서 방송할 수 있어 이미지 품질도 좋고 실시간 채팅 딜레이도 없으며 가장 중요한 건 라이브 방송을 기록으로 남길 수 있다고 하셨다. 이런 좋은 방송을 실시간으로만 제공하고 끝내는 게 아쉽다며. (당시 인스타그램에는 방송 저장하기나 공유하기가 없었다.)

그걸 계기로 유튜브에 채널을 개설했다. 인스타그램에 올리기 위해 이전에 찍어놨던 영상부터 순차적으로 하나씩 올리기 시작했다. 유튜브의 다른 인기 동영상들을 보면 과격한 영상들이 많았다. 그들 틈바구니에서 가뜩이나 마이너한 카테고리인 손글씨로 잘될 거란 생각도 안 했다.

이 담에 크면
문구점 아저씨가 될 거야

그러니 애초부터 기대도 욕심도 없었다. 인스타그램에 올릴 동영상을 만든 김에 유튜브에도 올리자는 생각으로 업로드하곤 방치했다. 그냥 동영상 저장소처럼 썼다. 운이 좋아 잘 되면 좋고 안 되면 말고.

하지만 신기하게도 이런 허술한 채널에도 구독자가 생겼다. 일 년쯤 유튜브를 했을까? 구독자가 3천 명이 되었다. 하지만 시청 시간이 적어 유튜브 파트너(수익 창출)는 지원하지 못했다. 3천 명에서 5천 명이 되는 데는 더 짧은 시간이 소요됐다. 시청 시간까지 달성했다. 유튜브 파트너 신청을 했고 승인이 났다. 드디어 광고를 붙일 수 있는 채널이 되었다. 물론 수입은 형편없었다. 한 달에 3달러 정도 벌었던 것 같다. 그마저도 100달러를 넘겨야 입금되는 시스템이었으니 다시 욕심을 버리게 되었다.

이래선 안 되겠다 싶었다. 어느덧 구독자가 1만 명이 되면서 슬슬 유튜브도 제대로 해야겠다는 생각이 들었다. 글씨 쓰는 모습만 배속으로 보여주는 건 금세 지루해질 수밖에 없다. 작은 카테고리인 손글씨에 큰 카테고리를 접목시켜보자는 생각이 들었다. '그래, ASMR과 글씨 쓰는 모습을 접목시켜 글씨 쓰는 소리 위주로 콘텐츠를 전환해야겠다'라는 생각이 들었다. 그럼 카테고리가 확장되어 시장성이 훨씬 커질 거란 판단이었다.

하지만 소리를 녹음하는 일은 생각보다 더 어려웠다. 방음 부스도 대여해보고 샷건 마이크도 비싼 걸로 사고, ASMR 먹방 때 쓴다는 마이크도 사봤지만 화이트 노이즈엔 속수무책이었다. 펜 소리와 쉬시식 하는 화이트 노이즈 소리가 거의 비슷한 정도로 뒤섞여 거슬렸다.

구독자분들은 갑자기 사각사각 소리가 나는 영상이 올라와서 좋다고 말씀하셨다. 하지만 제작자이자 소위 '잡스병'에 걸린 입장에서 그런 퀄리티의 소리는 용납할 수 없었다. 그러다가 인터뷰에 쓰는 핀 마이크를 펜에 붙여 보자는 생각이 들었다. 이런 생각을 처음 한 건 아니었다. 펜에 핀 마이크를 붙이게 되면 무게 중심이 흐트러져 글씨 퀄리티가 떨어지기 마련이라 시도하지 않았다. 하지만 별다른 뾰족한 수가 없었다.

최후의 수단으로 펜에 핀 마이크를 부착해서 촬영했다. 원하는 대로 화이트 노이즈가 적고 귀로 듣는 소리와 똑같

이 담에 크면
문구점 아저씨가 될 거야

은 필기구 본연의 소리가 녹음되었다. 시험에서 처음 생각한 답을 좀 더 깊게 생각해서 답을 바꾸다가 틀린 경험이 있지 않은가? 딱 그런 상황이었다. 돌고 돌아 처음 생각했던 원점으로 왔다. 소리가 제대로 녹음되니 이후로 유튜브 영상의 퀄리티가 상승하기 시작했다. 그에 따라 구독자 수도 가파르게 늘었다.

유튜브 구독자 수 1만 명에서 3만 명이 되는 데 일 년 정도 걸렸다. 어느 날 자고 일어났는데 구독자가 4천 명이 늘어 있었다. 많이 늘어봐야 하루에 열 명이었는데 갑자기 하루에 4천 명이라니? 이유가 뭔지 찾아봤다. 두 달 전에 올린 연필로 글씨 쓰는 소리를 담은 동영상의 조회수가 가파르게 상승하고 있었다. '이게 알고리즘에게 간택당한 건가?' 싶었다.

정자체나 흘림체의 경우 천천히 쓰되 모양에 신경 쓰는 글씨다. 따라서 쓰는 속도가 느리지만 소리는 정말 안정적이다. 알고리즘을 타고 들어온 사람들은 천천히 쓰는 게 답답해서인지 영상은 켜둔 채로 댓글을 달며 놀기 시작했다. 시청 지속 시간이 증가하는 결과를 가져왔다. 그 동영상의 조회수는 꾸준하게 늘었다. 3만에서 불과 오 개월 만에 10만 구독자가 되었다.

모래 위에 쌓은 집은 기반이 약해 무너지기 마련이다. 나는 갑자기 늘어난 많은 구독자가 사상누각이란 걸 알고 있었다. 갑자기 번 돈이 갑자기 사라지듯 갑자기 생긴 구

이 담에 크면
문구점 아저씨가 될 거야

독자는 갑자기 사라질 것이다. 구독자가 떨어져 9만이 되기 전에 얼른 실버 버튼을 받자는 생각이 들었다. 실버 버튼 실물을 갖는 게 소원이었기 때문에.

여차저차해서 삼 주 만에 결국 받았다. 역시 예상한 대로 빠르게 늘어난 구독자는 계속 이탈했다. 인스타그램이든 유튜브든 이제 예전만큼의 반응은 없다. 그런 와중에도 새로 팔로우, 구독해주는 분들이 있다. 빠지는 분보다 들어오는 분이 적어서 그렇지. 나는 이 과정이 퇴적 과정이라고 본다. 어떤 모래들은 바람에 날아가고 다시 날아온 모래가 쌓이고, 그렇게 단단해지듯이.

글씨를 써서
돈을 벌 수 있다고?

이런 활동들을 보고 노트폴리오 아카데미에서 연락이 왔다. 오프라인 손글씨 강의를 해볼 생각이 없냐는 제안이었다. 유튜브든 인스타그램이든 재미로 하던 차라 수익도 나지 않았는데 취미였던 일로 강의를 할 수 있다니 놀랍고 기뻤다. 당연히 제안을 수락하고 미팅을 했다. 설명을 들어보니 조건도 매우 좋았다. 멋진 강의실과 연남동이라는 힙한 위치, 친절한 직원분들, 게다가 상업적으로 보일까봐 꺼려졌던 강의 홍보 및 수강생 모집까지 전담해주신다고 했다.

하지만 '잘할 수 있을까?' 하는 불안도 있었다. 미팅을

이 담에 크면
문구점 아저씨가 될 거야

진행한 팀장님께 그곳을 나서기 전 마지막으로 '잘할 수 있을지 모르겠다'고 말했다. 팀장님은 '말씀하시는 거 보면 분명 잘하실 거라고 생각한다'고 했다. 그 말이 엄청난 힘이 되었다.

드디어 첫 강의가 시작되었다. 노트폴리오 인원은 열여섯 명이 최대인데 첫 강의 때 서른두 개의 눈들이 있었다. 하지만 떨리거나 그러진 않았다. 믿고 와주셔서 감사했으므로. 그동안 시행착오를 겪으며 익혔던 방법들(이 부분에서 왜 포인트를 넣어야 예쁜지 저 부분에선 왜 포인트를 빼야 예쁜지)을 다 토해냈다. 1기 수업 중에 2기 수업까지 다 마감되는 행운이 일어났다. 아마 나도 배우러 오신 분들과 같은 출발선에서 시작했기에 눈높이에 맞게 알려드릴 수 있어 반응이 괜찮지 않았나 싶다. 글씨를 하나씩 익히며 어느 부분에 장식을 넣거나 빼야 더 아름다워지는지 체득했기 때문이다. 수업 듣는 분들의 실수가 예전 나의 실수와 같아 오버랩되기도 했다.

손글씨 콘텐츠를 가지고 온라인에서만 활동하다가 오프라인으로 나오니 정말 행복했다. 좋아하는 일을 하며 생계도 유지할 수 있다는 게 믿기지 않았다. 덕업일치, 그게 나에게도 이루어지다니. 이후 강의 대기자가 많이 생겨 더 많은 강의가 개설되었다. 일주일에 한 번 하던 강의는 두 번으로 늘더니 세 번, 네 번까지 늘게 되었다. 많은 사람을 만나 다양한 인사이트를 얻은 게 이후의 클래스101 온라인 강의에 큰 자양분이 되었다.

클래스101을 알게 된 건 사실 노트폴리오보다 먼저다. 메일을 확인하는데 낯선 이름으로 제안서가 하나 와 있었다. 온라인 취미 플랫폼을 만들었는데 함께해보지 않겠냐는 내용이었다. 내가 뭐라고 이런 제안을 주시나 싶었지만 기뻤다. 당시 클래스101 홈페이지에 가보니 강의가 딱 네

개 있었고 막 시작하는 단계였다.

그때 난 '온라인으로 그림이나 글씨를 제대로 배울 수 있을까?' 하는 생각을 갖고 있었다. 하지만 새로운 영역에 도전해보는 일도 좋을 것 같았다. 강의 소개서를 작성해 제출하고 답변을 기다렸다. 메일은 읽었는데 한 달이 지나도 답변이 없었다. 내가 많이 부족한가 보다 싶었다. 그래도 답변은 해주는 게 예의인 것 같아 혹시 제출 내용이 많이 미흡해서 거절당한 거냐고 메일을 보냈다. 하지만 또 읽고 답장이 없었다. 기분이 상할 대로 상해서 아예 마음을 접었다.

이후 열심히 오프라인 강의를 사 개월 정도 하고 있는데 출근 전에 모르는 번호로 연락이 왔다. 클래스101이었다. 그때 강의 제작 시스템이 굉장히 미흡해서 내가 직접 하나하나 쓰고 제출하기 버튼을 눌렀어야 했다고 한다. 나는 제출하기 직전까지만 하고 제출하기 버튼을 누르지 않은 것이었다. 메일이 누락되어 답장을 못했다고 한다. 읽고 나서 누락이라니 좀 의심스러웠지만 어쨌든 제출하기 버튼을 눌렀다. 그렇게 나는 제안서를 처음 받은 지 팔 개월 만에 첫 온라인 강의를 준비하게 되었다.

　온라인 강의 커리큘럼을 만들고 소개 페이지를 만들어 제출했는데 노트폴리오 아카데미를 배신하는 것만 같았다. 처음 발탁해서 써준 곳인데 온라인 강의를 하게 되면 오프라인 수강생이 줄어들 것은 불 보듯 뻔하기 때문이다. 노트폴리오와 계약이 끝나는 5월, 재계약 전에 살짝 여쭤봤다. 이러이러해서 온라인 강의도 하려는데 같이 해도 괜찮을지. 사실 거절하고 싶으셨을 수도 있는데 감사하게도 받아들여주셨다. 이후로 열심히 오프라인 강의를 하면서 잠을 줄여 온라인 강의도 제작하게 되었다.

이 담에 크면
문구점 아저씨가 될 거야

이렇게 저렇게
작가가 되었답니다

온라인 강의를 제작하는 도중 출판사와 작업하고 있던 『나도 손글씨 바르게 쓰면 소원이 없겠네』책도 같이 만들어야 하는 상황이었다. 정말 바삐 움직이며 일정을 전부 소화해냈다. 성격상 빨리 초안을 끝내고 여러 번 고치며 완벽에 가까워지도록 만드는 스타일이다. 받은 건 빨리빨리 넘기고 피드백을 받아 수정했다. 책 원고를 최종 오케이 받은 다음 온라인 강의 제작에 박차를 가했다. 그렇게 온라인 강의가 책보다 먼저 세상에 나오게 되었다.

그때까지만 해도 온라인으로 손글씨를 배운다는 것, 가르친다는 일이 과연 가능할까 싶었다. 어떡하면 이 불신을

잠재울 수 있을까 고민을 많이 했다. 나부터도 온라인으로 글씨를 가르쳐준다고 하면 신뢰를 할 수 없었기 때문이다.

결론적으로 온라인 강의는 A부터 Z까지 하나하나 노하우를 다 알려주기로 했다. 거기서 다시 듣고 싶거나 취약한 부분이라고 생각하는 곳만 취사 선택해 들을 수 있게 하자고 생각했다. 한글은 퍼즐 같은 문자다 보니 초중종성 각각의 모양을 먼저 익힐 수 있게 했다. 그 모양을 토대로 조합하여 단어, 문장, 시를 써보며 점점 확장해나가도록 커리큘럼을 짰다. 또 글씨는 굉장히 섬세하니만큼 왜곡이 있으면 안 된다. 따라서 최대한 수직으로 촬영해 장식 하나하나를 꼼꼼하고 세세하게 보여주기로 전략을 세웠다.

또 온라인 강의의 특성상 자칫 길면 지루할 수 있다고 생각했다. 5~10분 단위의 영상으로 강의 하나를 구성했다. 하루 한 강의를 듣고 한두 번 따라 적는 것으로 마무리할 수 있게 말이다. 이렇게만 해도 금세 는다. 하루 날 잡고 몇 시간 붙들고 있는다고 해서 빨리 느는 게 아니다. 강의에서 설명하는 포인트들을 적용하고, 내가 쓴 글씨와 강의 교재 글씨(체본)를 비교해 어디가 어떻게 다른지 보는 눈을 키우는 게 가장 중요하다. 그러기 위해서는 우선 강의의 러닝 타임이 길어 지겨워지면 안 된다고 생각했다.

온라인 강의 반응은 가히 폭발적이었다. 의도한 대로 강의에 모든 노하우를 다 녹여냈기 때문에 질문도 별로 없었고 강의 만족도도 높았다. 사실 그동안 글씨를 배우고 싶어도 배울 수 있는 루트가 많이 알려져 있지 않았다. 그 수요를 온라인 강의 시장이 흡수했다고 생각한다. 나는 강의를 할 때 원리원칙이 아닌 감으로 알려주지 않는다. 왜 이 부분에 장식을 넣고 이 부분엔 빼야 하는지 알려주어야 다른 글씨를 쓸 때도 글씨 보는 눈이 생겨 큰 도움이 된다.

온라인 강의를 런칭하고 피드백을 받고 후기도 보며 즐거운 하루하루를 보내던 와중에 편집자님께 연락이 왔다. 곧 책이 나오는데 출간일을 10월 9일인 한글날로 하면 어떻겠냐고 하셨다. 정말 좋은 생각이었기에 출간을 보름가량 미뤄 2019년 한글날에 출간했다. 책을 출간하고 서점에 갔는데 가는 서점마다 평대 혹은 베스트셀러 매대에 내 책이 놓여 있었다. 강의는 무형의 것이지만 책은 유형의

이 담에 크면
문구점 아저씨가 될 거야

것이라 그런지 한참을 쓰다듬고 펼쳐보다 왔다.

　책 출간을 기념해서 필사 모임 회원분들과 조촐한 자리도 가졌다. 이후 어디든 들고 다니면서 연습하기 쉬운 핸디워크북도 출간했다. 출간 이후 서점에는 두 권의 책이 나란히 진열돼 있었다. 물론 강의도 기분 좋고 행복한 일이지만 서점에 내 책이 눈에 잘 띄는 곳에 나란히 놓여 있는 모습은 조금 더 행복했다. (강의 관계자님들 죄송합니다…….)

　한글 정자체에 이어 온라인 강의로 요청이 많았던 영어

필기체, 한글 흘림체, 전문직 2차 시험이나 논술을 볼 때 빠르고 가독성 있게 쓰기 좋은 한글 필기체까지 총 네 개의 강의를 만들게 되었다. 내가 할 수 있는 강의는 다 만들었다. (나중에 깜냥이 된다면 한자 강의도⋯⋯.) 이후로도 계속 피드백을 정성스레 하고 있다. 보완할 부분을 찾기 위해 매일 필사를 하면서 복기해본다. 네 가지 글씨체 온라인 강의를 열어 어느 정도 입지를 다져 놓으니 문구점 일도 탄력을 받았다. 강의를 다 만들고 나니 바쁜 일이 줄어서 문구점에 집중할 수 있게 되었기 때문이다. 나의 동백 문구점 이야기는 이제부터 시작하도록 하겠다.

이 담에 크면
문구점 아저씨가 될 거야

2부

어, 진짜

문구점 아저씨가

됐잖아?

코로나 시국에
문구점을 여는 게 맞는 걸까?

몇 년을 집에서만 일하니 답답하기도 하고 여러 사람들을 두루두루 만나보고 싶어졌다. 오프라인 강의를 진행하면서 내가 사람 만나는 일을 좋아한다고 느꼈다. 드디어 오랫동안 꿈꿔오던 문구점을 열 때인가 싶었다. 책이 출간되어 받은 인세와 온라인 강의 정산금을 보자 다른 데 쓰기 전에 얼른 문구점을 열어야겠다, 싶었다. 돈이란 건 내버려두면 어떻게든 사라지는 경험을 많이 했기 때문이다.

사실 돈을 많이 벌기 위해서는 '알파문구' 같은 대형 문구점 겸 잡화점을 해야겠지만 내 정체성이랑 맞지도 않고 평범한 한 명의 자영업자가 될 것 같았다. 하지만 여지는

남겨둔 채 체인 문구점에 관해 알아보니 잘만 활용하면 수익은 상당히 괜찮을 것 같았다. 하지만 어딘가에 묶이기 싫었고 무엇보다 나만의 특색 있는 문구점을 열고 싶었다.

오랫동안 글씨를 쓰고 필사를 하면서 이런저런 노트를 많이 사봤지만 이렇다 할 정말 마음에 드는 노트가 없었다. 만년필을 주로 쓰기 때문에 고급 노트들 위주로 썼는데 하나같이 표지가 너무 심심했다. 좋게 말하면 깔끔한 건데 나는 어느 정도 장식적인 노트를 좋아한다.

내지도 마음에 안 들었다. 수성 잉크인 만년필 잉크의 번짐을 최대한 억제하려고 그런 건지 미끌미끌한 종이 일색이었다. 이런 종이들은 코팅이 많이 되어 있어 손을 살짝만 대도 손기름이 묻어 그 부분은 수성인 만년필 잉크가 써지지 않는다. 그래서 외국인 유튜버들은 투명한 아크릴판을 왼손에 받치고 기름이 종이에 묻어나오지 않도록 한 뒤 글씨를 쓰는 영상이 많았다. 아크릴 판 없이 노트를 손가락으로 누른 채 쓰면 그 부분에 잉크가 배지 않기 때문이다.

미끌미끌한 종이가 싫은 이유는 또 있다. 만년필은 각

모델마다 필기감이 다른데 미끌한 코팅지에 쓰면 어떤 펜이든 다 비슷한 필기감을 보여준다. 이게 좋을 수도 나쁠 수도 있는데 내겐 좋지 않았다. 만년필마다 미묘하게 다른 필기감을 즐기는 재미가 있는데 코팅지는 그 맛을 느끼기 힘들었기 때문이다. 게다가 코팅이 되어 있다 보니 수성 잉크가 종이에 잘 스며들지 않아 헛발질이 자주 났다. 다른 필기구들은 종이 위에 잉크를 덮는 방식으로 글씨를 쓴다면 만년필은 종이에 잉크를 흡수시키는 방식으로 글씨를 쓴다. 따라서 코팅이 되어 있으면 그렇지 않은 종이보다 잉크가 잘 스며들지 않는다.

또한 그런 만년필용 고급 노트들은 가격을 차치하더라도 글씨를 쓰기엔 줄 간격이 너무 좁았다. 6~7mm 줄 간격을 가지고 있었다. 물론 글씨를 작게 쓴다면 상관이 없겠지만, 대체적으로 우리나라에서 통용되는 대학 노트(학생 필기용 노트)는 8mm 줄 간격이 일반적이다. 무의식 중에 여기에 익숙해져 있는데 6~7mm에 쓰니 글씨가 꽉 차게 돼서 답답해 보였다. 8mm 줄 간격이 나오는 브랜드도 있으나 내가 아름답다고 생각하는 규격인 A5 사이즈는 항상

7mm 이하였다. B5나 A4 사이즈로 가야만 줄 간격이 8mm가 됐다.

그건 너무 크기도 하고 넓은 면적에 비해 상대적으로 책등이 얇아 보여서 예쁘지 않았다. 필사를 즐긴다면 대부분 한 종류의 노트를 쭉 써서 책 한 권을 끝낼 때까지 그 노트만 쓴다. 한 권의 필사를 마치고 난 뒤에야 다른 노트로 바꾸거나 한다. 책 한 권을 다 쓸 때까진 같은 노트를 써야 하는데 정말로 마음에 드는 노트가 없었다.

이런 생활을 십 년 가까이 하니까 그냥 내가 만드는 게 낫겠다는 생각이 들었다. 노트를 만들 때 몇 가지 조건은 다음과 같았다. 첫째, 사이즈는 A5 언저리일 것. 둘째, 표지와 책등에 장식을 할 것. 셋째, 줄 간격은 8mm일 것. 넷째, 줄이 연해서 글씨를 쓰고 나면 눈에 띄지 않을 것. 다섯째, 코팅되지 않은 종이일 것.

크게 이런 다섯 가지 조건으로 파주, 일산, 을지로를 돌며 인쇄소를 알아봤다. 인쇄소 사장님들은 '노트 그거 돈 되지도 않는데 왜 하려는지 모르겠다'면서 대놓고 거절했다. 엄청나게 많은 거절을 당하고 난 후 결국 외국 브랜드를 찾아내 미팅을 가졌다. 최소 주문 수량은 1,500부인데 500부마다 색을 달리해서 제작하기로 했다. 클래식한 느낌을 좋아해서 표지와 책등에 셰리프가 들어간 글씨를 넣고 금박을 입혀 디자인했다. 노트의 앞이랑 옆은 글씨에 금박을 입혔는데 뒤는 아무것도 없어서 심심했다. 좌측 하단에 작게 내 닉네임을 넣었더니 화려하면서 심플한(?) 디자인이 완성됐다.

회사에서 샘플을 받아가며 이런저런 시행착오를 거쳤다. 마침 코로나 초기인 관계로 홍콩이 올스톱 상태라 원래 도착 예정일보다 한참을 기다려야 했다. 기다림 끝에 결국 노트 1,500권이 내게로 왔다. 가뜩이나 좁은 복층 원룸인데 복층을 노트 오십 박스에 내어주니 생활 반경이 확 줄었다. 그래도 잠들어 있는 노트들을 보면 기분이 좋았다.

주변에서 내가 쓰는 모습을 보고 판매하라고 그래서 몇 권씩 팔았다. 생각보다 만족하시는 분들이 많아 스마트스토어라는 걸 열고 처음으로 물건을 등록해 팔아봤다. 엄청 잘 팔리진 않았지만 그래도 드문드문 판매는 됐다. 이런 스타일의 노트 말고 다른 노트들도 만들어보고 싶었다. 특

어, 진짜
문구점 아저씨가 됐잖아?

히 첫 노트는 내가 직접 쓰려고 만든 거라 제작비를 아끼지 않아서 어쩔 수 없이 소매가가 좀 높게 책정되었다. 또 내지는 지극히 개인적인 선호에 따라 촉촉하게 잉크를 흡수하는 타입으로 골라서 호불호가 많이 갈렸다. 나는 잉크가 먹어들어가는 느낌을 좋아하는데 번진다고 싫어하는 분들도 다수 있었다. 고급 수입 노트들보다는 저렴하면서 내지가 코팅되지 않은, 펜 고유의 필기감을 느낄 수 있는 노트를 만들고 싶었다.

처음 여는 가게인 만큼 리스크를 줄이기 위해 작은 공간을 구하기로 결심했다. 위치는 을지로, 합정, 망원 등 당시 내가 살던 마포구청 쪽에서 가까운 곳으로 정했다. 무덥고 비가 많이 내렸던 2020년 6월부터 7월 말까지 여러 곳을 봤다. 을지로는 외부인에게 쉽사리 상가 매물을 알려주지 않았다. 미로 같은 공간, 상대적으로 넓은 내부, 주변의 많은 밥집과 카페가 마음에 들어 가장 계약하고 싶던 곳이었는데 아쉬웠다.

을지로3가에 있는 대다수 부동산은 다 가봤다고 생각하는데 상가를 보여준 곳은 몇 안 됐고 그마저도 공간 상

태에 비해 너무 비싼 가격이었다. 이 주 정도 그렇게 을지
로3가를 찾아다니다가 안 되겠다 싶어 합정, 망원 근처를
알아봤다. 역시 만만찮았다.

노트를 주로 제작할 생각이었기에 지하 공간은 습기가
차서 안 되겠다 싶었다. 지하나 반지하를 제외하고 고르려
니 매물이 많지 않거나 너무 비쌌다. 2, 3층보다는 지하의
어두컴컴하고 고요한 분위기를 좋아하는데 습도 때문에
그럴 수 없으니 아쉬웠다. 아무리 제습기를 돌려도 해결이

어, 진짜
문구점 아저씨가 됐잖아?

되지 않는다고 하더라. 만약에 노트를 놔도 문제없을 제습 시스템을 구축할 수 있다면, 그런 시스템이 존재한다면 언젠간 아늑한 지하에서 매장을 운영하고 싶다.

이곳저곳을 봤지만 다 마음에 들지 않았다. 그러다가 우연히 내가 좋아하는 카페에서 커피를 마시고 나와 돌아다니는데 임대 문의가 붙은 건물이 보였다. 그것도 망원동 동교 초등학교 바로 앞에. 재밌는 생각이 떠올랐다. 초등학교 앞인데 초등학생이 쓸 문구를 팔지 않고 오히려 다 큰 어른들이 쓸 문구를 파는 문구점이라…… 미스 매치인데?

임대 문의가 붙어 있던 번호로 연락을 했다. 가게를 둘러봤는데 은 액세서리 공방이라 그런지 엄청 잘 꾸며져 있었다. 보자마자 마음에 들어 무턱대고 '여기요!'를 외쳤다. 정말 기뻤다. 그들이 짐을 빼기 전까지는…….

어디서부터 손봐야 할지
모르겠다 정말로

분명히 그분들이 계실 때는 아주 아름다운 가게였는데 실상은 촌스러운 부분을 가구로 가리고 있던 거였다. 짐을 다 빼고 나니 알겠더라. 특히 심한 건 바닥 타일 색상이었다. 폴리싱 타일에 버건디 색이라 촌스러워 보였고 흰색으로 전부 칠해진 줄 알았던 벽과 천장도 흰색이 아니라 회색 페인트가 칠해져 있었다.

'조금 더 생각해볼걸' 하는 생각이 들었다. 하지만 어쩌랴 이미 계약한 것을. 페인트와 타일은 내가 직접 해결할 수 없으니 전문가를 찾아야 했다.

타일을 먼저 설치하고 페인트를 칠하게 되면 타일에 페

어, 진짜
문구점 아저씨가 됐잖아?

인트가 떨어질 수 있으므로 페인트를 먼저 하얗게 칠한 뒤 타일을 깔기로 했다. 페인트 사장님께서 아침 일곱 시에 문을 열어달라고 하셨다. 새벽같이 일어나 준비하고 문을 열고 맞았다.

나는 망원역 스타벅스(그 아침에 여는 곳은 스타벅스뿐이다)에서 문구점 개업 준비에 도움이 될 만한 책들을 열심히 읽고 있었다. 오후 네 시가 되어서 끝났다는 연락이 왔다. 기쁜 마음에 한달음에 달려갔다. (공사가 끝나길 기다리던 와중에 카페를 세 번 옮겼다!) 벽에 있던 선반들도 다 떼어달라고 했는데 완벽히 제거되어 있었고 전체가 새하얀 눈의 세상에 들어온 듯했다.

텅 빈 공간에 페인트만 흰색으로 칠했는데 아예 다른 장소 같았다. 이래서 대부분 흰색으로 하는구나 싶었다. 원래는 다크 그린 혹은 다크 그레이로 칠하려 했으나 그러면 가뜩이나 좁은 예닐곱 평짜리 문구점이 더 좁아 보일 것 같아 흰색으로 결정했는데 만족스러웠다. 훨씬 넓어 보이기도 했고.

다음은 타일이다. 타일 가게에서 타일을 산 다음 받아

놓고 작업자가 그 타일로 시공을 하는 방식이었다. 근처 타일 가게를 찾아갔다. 상당히 많은 종류의 타일이 있었다. 고급스러운 느낌을 주기 위해 대리석 느낌을 찾아보다가 눈이나 비 오는 날 청소 지옥이겠다, 싶어 매트한 포쉐린 타일을 선택했다. 업체에서 추천해준 색은 비둘기색이었는데 나는 베이지색이 더 끌렸다. 차분하면서도 튀지 않는 베이지와 그레이가 섞인 색을 선택했다.

공사 당일 또 일곱 시에 가서 문을 열어드리고 네 시까지 카페를 돌아다니며 책을 읽었다. 공사가 다 됐다는 연락에 달려갔다. 연신 감사하다는 인사를 드리며 내 공간을 만끽했다. 이젠 완전히 다른 공간 같았다.

그다음엔 가구를 들였다. 내가 좋아하는 스타일의 가구들로. 고풍스러운 가구들을 찾아서 시뮬레이션하며 배치해봤다. 이거다 싶은 가구는 바로 주문했다. 가구를 들이는 것도 참 큰일이었다. 한번에 많이 주문하다 보니 좁은 공간에 많은 작업자분들이 들어와야 해서 정신 없었다. 또 가구 포장 박스는 얼마나 큰지!

그다음엔 뭘 할까 하다가 씨씨티비를 달아야겠다고 생

어쩌다,
문구점 아저씨   96

각했다. 작은 공간이라 하나만 있으면 될 거 같지만 균형을 맞추고 싶어서 안에 네 개나 달았다. (돈 낭비. 절대 나처럼 하지 마시라.) 외부 씨씨티비도 달았다. 택배를 문 앞에 두는 경우가 많은데 도난 사고가 발생하면 정말 머리 아프기 때문이다. 혹은 술 취한 누군가가 가게 앞에 토를 하거나 쉬야를 한다거나 하는 상상만 해도 끔찍하다. 특히 초등학교 앞이다 보니 혹시 모를 범죄가 일어나면 내 씨씨티비가 도움이 될 것 같았다.

다음은 암막 커튼이다. 앞서 지하를 좋아한다고 말했듯이 비밀스러운 공간 같은 느낌을 좋아한다. 아는 사람만 아는 그런 공간. 그러기 위해선 커튼이 필요하고 암막이면 더 좋겠다는 생각을 했다. 버건디 벨벳 느낌의 무대 커튼 느낌이 나는 원단을 골랐다. 물결치는 느낌을 원해서 원단 폭은 두 배로 했다. 따라서 커튼 가격이 안드로메다로……. 꽤 많은 돈을 들였지만 커튼 설치 후 분위기가 180도 바뀌어 정말 만족한다.

커튼까지 달았는데 무언가 심심했다. 뭐가 문제일까 생각하다가 조명이라는 결론에 이르렀다. 그래, 조명이 참

중요하지. 천장이 흰색이니 간접 조명으로 해야겠다 싶었다. 샹들리에를 찾아보다가 적당한 가격에 클래식한 디자인으로 선택했다. 샹들리에까지 설치하니 상당히 분위기 있는 공간이 완성되었다. 역시 조명이 중요하다. 그것도 메인 조명이.

다양한 노력을 했음에도 가게 입구를 보면 뭔가 심심해 보였다. 뭐가 문제일까 생각하다가 간판이 없다는 결론에 이르렀다. 어떤 형태로 간판을 달까 고민을 많이 했다. 우선 내가 좋아하는 자단 나무로 만든 벽간판을 달아봤다. 훨씬 있어 보였지만 왠지 모를 부족함은 채워지지 않았다. 어떡할까 생각하면서 몇 날 며칠을 길 가면서 간판만 본 것 같다.

우연히 출근길에 금속을 이용해 건물 이름을 붙여 놓은 빌라를 봤다. 이거다, 싶었다. 층고가 높아서 가게 전면 유리 위쪽에 간판을 달면 잘 보이지 않을 것 같았다. 결국 전면 유리에 금속 간판을 시공하기로 결심했다.

글자 수가 많아서 그런지 단가가 백만 원이 훌쩍 넘었고 예상보다 지출이 컸다. 혹시 실패할 수도 있으니 포토샵으로 원하는 간판 모양을 합성해봤다. 아주 마음에 들었고 결국 투자하기로 결심했다. 간판 작업까지 마치고 나니까 분위기가 확실히 달라졌다. 이제 전혀 심심해 보이지 않았다. 이것으로 문구점 외관 치장은 일단락이 되었다. 물론 나중에 추가할 게 생기면 더 하겠지만 웬만해선 하지 않을 것 같다. 과한 치장은 좋지 않다고 생각하기 때문이다. (사실 지금도 충분히 과하기도 하고.)

개업 준비 중
읽은 책에서 답을 찾아보자

일단 인테리어는 끝냈는데 문구류 진열 방식과 가격 책정이 문제였다. 기존에 만들었던 레토리카 하드커버 양장 노트는 내가 쓰려고 만든 만큼 원가를 아끼지 않았다. 소매가격만 놓고 보면 꽤 비쌌다. 노트를 다양하게 추가하게 될 경우 어떻게 해야 할지 막막했다. 행동심리학 책 등을 엄청 읽었다. 유명한 것부터 그렇지 않은 것까지 대략 백권 이상은 읽은 듯하다.

부천역 바로 앞에 있는 만년필 사용자들의 아지트 카페 캘리 사장님과 친분이 있어 문구점 운영 방법 등도 배웠다. 참 따뜻한 분이다. 사장님께 진 빚을 갚으려고 노력 중이다. 조언과 더불어 여러 책에서 읽은 내용들을 하나씩 적용해나갔다.

사실 판매도 많이 될 것 같지 않았다. 안 팔리면 내가 쓴다는 마음으로 하나하나 꼼꼼하게 제작했다. 사소한 부분까지 사용하는 사람의 입장을 고려했다. (라고 하지만 내가 쓸 때의 입장이 주로 반영됐다. 안 팔려서 재고를 혼자 떠안을 확률이 높았기 때문에.)

처음엔 문구 7 대 굿즈 3으로 '브랜드를 녹여내야지' 하고 여러 굿즈를 만들었다. 배지, 성냥, 로고가 전사로 인쇄된 컵 아홉 종, 그라데이션이 들어간 마스킹 테이프 등등. 굿즈들의 반응은 꽤 좋았다. 하지만 새로운 노트가 계속

추가되면서 굿즈와 섞이니 문구점이라기보다는 잡화점 느낌이 들었다.

손님이 없어서 진열장에 나열된 컵을 쳐다보던 어느 날 '아, 내가 하려던 문구점은 이게 아닌데' 싶었다. 이도 저도 아닌 공간이 된 느낌이 들었다. 나는 결심하면 바로 움직여야 하는 스타일이다. 치워야 할 게 보이면 일단 치워야 한다. 당장 컵과 마스킹 테이프를 다 치워버렸다. 배지나 성냥은 문구점 분위기와 잘 어울리게 만들었으므로 냅두기로 했다.

이제 문구 9 대 굿즈 1 정도의 비율이 되었다. 특히 성냥은 문화성냥과 협업해 제작했는데 향을 피우거나 향초에 불을 붙일 때 쓰면서 매번 그 품질에 감탄한다. 불이 잘 붙는 건 물론이고 앞쪽 1.5센티미터 정도까지 왁스 처리가 되어 있어 천천히 타들어가 안전하다. 길이도 일반적인 성냥의 2.5배 정도라 손이 데일 염려 없이 편하게 사용할 수 있다.

최근에는 종이 쇼핑백을 없애고 에코백을 만들었다. 종이 쇼핑백도 결국엔 쓰레기가 될 테니까. 대신 에코백을 원가 수준으로 저렴하게 판매하고 손님이 구매한 에코백을 가져와 새로운 물건을 담아 갈 경우 잉크 및 노트 하나당 천 원씩 할인해주는 방식을 택했다. 순수익에서 천 원이 빠지는 거니 가뜩이나 적은 마진인데 어떡하냐며 친한 사장님들께서 말렸지만 괜찮다. (에코백을 구매하는 손님이 거의 없기 때문에.)

굿즈를 치우고 나니 온갖 노트들로 가득 찬 풍경이 아주 문구점다워서 만족했다. 내가 원하던 문구점은 이런 거였다. 사방이 노트들로 가득 찬 서재 같은 느낌의 문구점. 물론 공간적 제약은 있지만 여전히 노트를 최대한 많이 두려고 하고 있다.

동백문구점이 어떤 모습인지 궁금하다면 간단히 해결할 수 있다. 한번 와보시면 된다. 오 분이면 다 둘러보니 문구점 방문만을 위해서는 오지 마시고. 망원동에는 대단한 맛집들이 많은데 원한다면 소개도 해드린다. 문구점 구경을 끝내고 맛있는 거 먹고 마시며 망원동을 둘러보는 코스를 추천한다. 구석구석 개성 넘치고 재밌는 공간들이 많다. 젊은 사람도, 커플도 많고⋯⋯. 사람들의 활기찬 모습

을 보면 기운이 난다. 놀러 온 사람들과 주민들을 구별해
보는 것도 재밌다. 놀러온 사람들은 한껏 꾸미고 오는 반
면 망원동 주민들은 잠옷 차림이거나 모자를 푹 눌러 쓰고
편하게 다니니까.

어떤 노트를 만들지
이미 정했으니 차근차근

처음 만든 레토리카 하드커버 양장 노트에 이어 한글 정자체나 흘림체 글씨를 연습하기 좋은 방안 노트를 제작했다. 첫 하드커버 노트는 외국 브랜드와 함께했지만 을지로 일대를 수소문하고 여러 인쇄소와 미팅 후 마음에 드는 인쇄소를 찾을 수 있었다. 하늘을 날 듯 기뻤다. 내가 아무리 기획하고 디자인해 놓아도 물건을 제작해줄 인쇄소가 없으면 몽땅 소용없는 거니까. 드디어 만난 인쇄소 사장님은 나의 엄청 까다로운 요구들도 다 들어주었다. 그간 '고작 그 수량으로 그런 조건 제시하려면 그냥 가라'는 소리만 엄청 들었는데 말이다. 참으로 감사했다.

어, 진짜
문구점 아저씨가 됐잖아?

내가 인쇄소에 제시한 방안 노트의 조건은 첫째, 연습하기 충분히 커다란 크기의 B5 사이즈, 5mm 방안일 것. 둘째, 코팅되지 않은 종이로 필기감이 좋을 것. (내지는 직접 수많은 샘플을 테스트해보고 나서 노트의 취지와 가장 잘 맞는다고 생각되는 종이를 택했다.) 셋째, 방안 선이 연하되 검은색으로 글씨를 많이 쓰는 한국인들을 고려해 선의 색은 붉은 색일 것. 넷째, 표지가 크라프트라 그냥 인쇄하면 색을 먹어버리므로 레이저 인쇄로 할 것.

이 정도 조건들을 제시했다. 당시 가게 오픈 준비 중이었고 많은 양을 주문하지도 않았는데 사장님은 샘플도 꼼꼼하게 만들어 확인시켜주고 인쇄업을 오래한 입장에서 더 나은 방향이 있으면 조언도 해주셨다. 솔직히 사장님 입장에서는 돈 안 되는 손님이었을 텐데, 크게 감동받았다.

우여곡절 끝에 내가 딱 원하던 스타일의 방안 노트를 만들었다. 이후 같은 인쇄소에서 기존 레토리카 하드커버 노트의 느낌을 살려 패밀리 디자인인 레토리카 반양장 페이퍼백도 만들었다. 레토리카 페이퍼백은 방안 노트에 사용해 인기가 좋았던 내지를 그대로 쓰되 8mm 줄 간격, 사이즈는 A5, 두툼하고 넉넉한 256페이지로 결정했다. 하드 커버와 디자인은 동일하게 해서 패밀리라는 느낌을 줬다.

처음엔 크라프트 표지를 이용했다. 거기에 도장을 찍어 나만의 노트를 만들 수 있도록 했다. 도장은 홍대 스탬프 마마에서 빈티지 스타일로 전부 샀다. 꽤 많이 산 걸로 기억한다. (한 육십만 원 정도 쓴 거 같다.) 도장을 찍어 나만의 노트를 만드는 콘셉트는 인기가 많았다. 하지만 도장을 놓으니 문구점이 너무 지저분해져서 눈물을 머금고 레토리카 반양장 크라프트 표지를 단종시켰다.

레토리카 반양장 페이퍼백 라인은 하드커버처럼 어두운 빨강, 초록, 파랑 세 개의 색상으로 간다는 콘셉트를 잡고 세 가지 표지 색상으로 다시 제작했다. 수입 색지를 이용하기 때문에 단가가 올라 소매가도 같이 올랐지만.

그간 한자나 일본어 연습을 하고 싶은데 마땅한 노트가 없었다. 일반적으로 알고 있는 한자 노트는 가이드가 없어 빈 종이에 쓰는 거나 마찬가지였고 방안 노트가 그나마 대안이었는데 어딘가 아쉬웠다. 그러던 와중에 중국 학생들이 한자 연습할 때 쓰는 노트를 봤다. 그걸 토대로 미자미

어, 진짜
문구점 아저씨가 됐잖아?

공지를 만들었다.

중국 제품은 종이도 얇고 제본도 조악한 편인데 한국에서 만드는 만큼 종이도 두툼하게, 제본도 실제본으로 짱짱하게 했다. 스프링 노트처럼 반으로 접어 책상 위에서 자리를 덜 차지하며 쓸 수 있게 했다. 사이즈가 B5로 다소 컸기 때문이다. 나는 이 미자미공지에 삼국지 원문을 필사했다.

미자미공지의 반응이 꽤 좋아서 실제본은 유지한 채 내지가 줄노트인 노트도 만들어달라는 요청이 많았다. 원래 만드려고 했던 건데 요청까지 들어오니 박차를 가할 수 있었다. 종이는 기존에 호평받았던 방안 노트와 같은 종이를 사용했다. 줄 간격이나 진한 정도는 레토리카 페이퍼백 기준에 맞췄다. 실제본 줄노트는 동백문구점에서 만년필 사용이 가능한 노트 중에 가장 저렴해서 입문하는 분들이 많이 선택하는 제품이 되었다.

하지만 이런 고급 노트들은 아무래도 너무 마니악한 듯했다. 대중에게 조금 더 다가갈 수 있는 제품도 있으면 좋겠다 싶었다. 평소 내가 주로 사용하는 형태로 내지를 디자인해 다이어리를 만들어야겠다고 결심했다. 'To do list'

를 적은 뒤 효율적인 동선을 짤 수 있게 내지를 디자인했다. 별로 필요하지 않다고 생각하는 것들은 과감히 빼고 꼭 필요하다고 생각하는 것만 넣어 콤팩트하게 제작했다. 아무것도 없는, 자유도 높은 다이어리는 다이어리를 잘 쓰는 사람에게는 득이 되지만 써보지 않았거나 이제 마음잡고 써보려는 사람에게는 너무 많은 자유가 오히려 쓰고자 하는 의지에 제동을 건다. 자유의 함정이다.

그래서 어느 정도 사용 가이드를 주는 다이어리를 만들었다. 처음 쓰거나 올해는 무조건 잘 써보고 싶다 하는 분들이 끝까지 쓸 수 있도록 도움을 주고 싶었다. 내 이런 마음이 통한 걸까? 다이어리의 반응은 상당히 좋았다. 실제로 일 년을 알차게 다 쓰신 분들의 후기도 많았고, 지난 연말 다이어리 시즌에 재구매한 분들도 상당히 많았다. 이렇게 기획 의도가 제대로 반영되어 마음이 통하면 정말 기분이 좋다.

다이어리 반응이 좋자 다음에는 레토리카 페이퍼백과 같은 내지인데 용량을 반으로 줄인 콤팩트한 사이즈의 노트를 만들어보자는 생각이 들었다. 레토리카 페이퍼백은 페이지 수가 많은 관계로 책등이 두꺼워 디자인적으로는 예뻤으나 휴대하기엔 살짝 무겁고 부피가 컸다. 콤팩트한 노트를 만들자고 결심한 뒤 노트 이름을 뭘로 할까 몇날 며칠을 고민했다. 제품의 이름을 고민하는 건 자식(아직 미혼이지만)의 이름을 지어주는 것처럼 정말 설레는 일이다.

우연히 무라카미 하루키의 에세이를 읽다가 좋은 단어를 발견했다. 자전적 에세이『직업으로서의 소설가』에서 나온 '에피파니(Epiphany)'라는 단어에 꽂혔다. 에피파니는 '예수의 출현'이라는 다소 종교적인 뜻인데 의미가 확장되어 문학적으로 '우연히 어떤 사건이 일어남으로써 인생이 바뀌는 경험'이라는 뜻이 되었다. 이 노트를 만남으로써 인생이 바뀌는 경험을 하면 좋겠다는 바람을 담아 새 노트 이름은 에피파니로 정했다. 읽을 때 막힘없이 부드럽게 읽히기도 했고, 알파벳 문자 배열도 아름다웠다. 이 노트의 이름을 책에서 발견한 건 그야말로 내게 에피파니와 같은 일이었다.

이름을 정한 후 새 노트를 제작하기 위해 미팅을 하러

인쇄소에 갔는데 마침 고급 브랜드의 초대장에 쓴다는 종이가 들어와 있었다. 그것도 내가 쓰려는 색인 검은색으로! 만져보니 촉감과 내구성이 좋아서 뒤도 안 보고 선택했다. 어쩐지 좋다 했더니 다른 흑색 수입지들보다 여섯 배 이상 비쌌다. 마지막까지 정말 이 가격인데 쓰실 거냐고 인쇄소에서 물어봤지만 단호하게 쓴다고 말씀드렸다. 비싸다는 이유로 의도하지 않은 아쉬운 노트를 만드느니 품질만 좋아진다면 아무리 비싸도 언제든 쓸 의향이 있다.

솔직히 말해서 사람들이 노트를 많이 쓰지는 않는다고 생각한다. 필사를 하더라도 노트 한 권을 다 쓰는 데 상당한 시간이 소요된다. 오래 쓰는 제품인데 조금 아끼자고, 조금 더 벌자고 퀄리티를 포기하기는 싫었다. 검은색에는 포인트 색상을 살짝 넣어주면 고급스러운 느낌이 난다. 의외라고 생각할 수도 있지만 연핑크색과 검은색의 조합이 정말 좋다. 에피파니 노트는 로즈골드 금박을 선택했다.

신의 한 수였다. 로즈골드 금박이 킬링 포인트라는 후기가 많았다. 레토리카 페이퍼백 대비 내지 매수는 반이지만 표지 단가가 엄청 높아 가격을 정확히 반으로 하진 못했다. 레토리카 페이퍼백의 칠십 퍼센트 가격이 제일 저렴하게 책정할 수 있는 가격이었다. 그래도 다른 매력을 가지고 있어서 잘 받아들여졌다. 확실히 실제본 줄노트나 에피파니 노트처럼 접근하기 쉬운 콤팩트한 노트들이 대중적으로 인기가 많다. 이후에는 헤비 유저들을 위해 224페이지로 늘린 에피파니 하드커버도 제작했다.

검은 종이에 흰색 펜으로 글씨를 쓰면 주목도가 높아져 색다른 느낌을 준다. 검은 종이에 흰색 펜으로 글씨를 써서 필사한 뒤 보관하고 싶은데 아무리 찾아도 무지는 있지만 줄이 인쇄된 노트는 없었다. 인쇄소 사장님께 기획한 내용을 말씀드리니 아마 검은 종이에는 특수 인쇄를 해야 해서 단가가 높아져 어쩔 수 없을 거라는 말이 돌아왔다.

하지만 나는 해야 한다고 생각하면 하는 사람이었다. 당장 미팅을 잡았다. 이번 콘셉트는 에피파니를 뒤집은 느낌이었다. 표지는 딸기우유색 연분홍 수입지로, 내지는 검은색에 8mm의 옅은 줄을 인쇄했다. 핑크색 노트니까 이름은 '프러포즈(Propose)'로 정했다. (이 노트를 편지로 가득 채워 프러포즈하면 성공할 수 있지 않을까.) 글씨는 은박으로

어, 진짜
문구점 아저씨가 됐잖아?

해서 은은한 분홍색의 느낌을 더욱 돋보이게 했다. 특수 인쇄든 뭐든 신경 쓸 일은 아니다. 내가 필요하다고 생각하면 만든다. '안 팔리면 어쩌지?'라는 고민도 없다. 앞서 말했다시피 안 팔리면 내가 쓰면 되니까.

만들다 보면 불가피하게 파본이라든지 살짝이라도 찍힘이나 긁힘이 있어 상품성이 떨어지는 물건이 나올 수밖에 없는데 그럴 경우 내가 쓴다. 내가 쓰려고 만든 노트니까.

아마 더 이상의 새로운 노트는 없지 않을까 싶다. 계속 신상품을 출시하고 디자인을 리뉴얼 하면 매출은 늘 수 있겠으나 내가 원하는, 한 종류의 노트를 쭉 써서 책장에 꽂아놓는 경험과는 정반대되는 방향성이니까. 말과 행동이 다른 사람은 되지 않겠다고 항상 다짐한다.

동백문구점만의
특별한 잉크가 있다면

본사를 통해 직수입한 만년필과 기획부터 디자인까지 직접 한 노트도 있는데 동백문구점만의 잉크만 없어 아쉬웠다. 기존에는 품질이 뛰어나 선택한 펠리칸 잉크들을 수입사로부터 정식으로 들여와 판매했는데, 코로나로 수급이 원활하지 않아 품절되는 사태가 자주 발생했다. 이래선 안 되겠다, 싶었다. 잦은 품절은 브랜드의 신뢰와 직결되기 때문에 큰 문제였다. 또, 동백문구점에서만 살 수 있는 잉크라면 다른 곳과 차별화되어 좋지 않을까 싶었다. 내가 좋아하는 컬러를 만들 수도 있고, 내가 추구하는 방향으로 잉크를 만들어나갈 수도 있으니까.

우선 가장 중요시한 부분은 펜에 넣었을 때 필기감이 좋아지느냐다. 전적으로 필기감을 우선시해 제작하다 보니 색 분리가 된다거나 테가 뜬다거나 펄이 있다거나 하는 경우는 가장 먼저 배제했다. 이런 경우 필기감이 필연적으로 좋지 않을 수밖에 없는 구조기 때문이다.

글씨 쓰는 사람의 입장에서 만들기 때문에 가독성을 중요시해 발색이 대체로 선명한 편이다. 선명한 잉크와 그렇지 않은 잉크의 비율을 2 대 1 정도로 맞춰서 제작하고 있다. 당연히 잉크 색도 기존에 없던 것으로 만들려고 하고 있다. 유니크함과 오리지널리티는 소규모 개인 문구점의 큰 무기라고 생각하기 때문이다.

잉크의 색상은 식물이나 자연물에서 떠올려 제작하고 있다. 계절에 하나, 혹은 두 계절에 하나씩 새 잉크가 출시되는데 해당 계절에 맞는 식물이나 자연물에서 영감을 받는다. 식물이나 자연물의 색조 스펙트럼은 상당히 넓다. 대상을 여럿 관찰한 뒤 가장 만족스러운 색으로 결정한다.

예를 들자면 같은 빨간 장미처럼 보여도 검붉은색부터 다홍색까지 굉장히 다양한 색상의 색상 스펙트럼을 가지고 있다. 그중에서 내가 생각하는 가장 아름다운 색을 뽑는다. 스티커 라벨도 하나하나 직접 디자인해서 주문한다. 토노 앤 림스라는 회사의 15ml 기성 병이 작고 각진 게 아주 예뻐서 이 공병을 구매했다. 잉크는 잉크 전용 회사와 수차례 미팅 후에 샘플을 다양하게 만들어 세 달 동안 매일 쓰며 테스트를 한다. 테스트 결과 잉크 발색 정도가 뛰어난지, 마르면서 색상이 틀어지진 않는지, 펜에서 뭉침이 생기거나 찌꺼기가 끼진 않는지, 역한 냄새가 나거나 곰팡이가 쉽게 생기진 않는지, 필기감이 뻑뻑해지지는 않는지, 착색이 되지는 않는지 등 굉장히 다양한 부분을 검토한다.

세 달의 테스트를 마친 샘플은 본격적으로 잉크 원액이 되어 생산된다. 그렇게 회사로부터 원액을 받아 잉크병에 옮겨 담은 뒤 스티커를 똑같은 위치에 비뚤어지지 않게 주의하면서 정성스럽게 붙인다. 스티커는 브랜드의 얼굴이자 동백문구점 잉크의 얼굴이다. 따라서 사소해 보이지만 스티커를 붙이는 일까지도 남에게 맡기지 않고 직접 한다.

다행히 이런 정성을 알아주셔서 잉크도 노트와 함께 문구점의 두 축이 되었다. 필기감을 우선시한 것도 많이들

알아주셔서 정말 신기했다. 앞서 말한 대로 기획한 의도가 잘 전달되면 그보다 행복한 일은 없다.

감사하게도 동백문구점만의 15ml 잉크가 생각보다 반응이 좋았다. 그동안 병은 받아서 쓰고 잉크 라벨만 직접 디자인해 제작했다. 15ml라서 양이 약간 적은 것 같기도 하고 몽블랑149처럼 큰 사이즈의 닙은 몇 번 채우지 못하고 리필해야 하는 상황이 생기게 되었다.

하지만 잉크병을 제작하려면 잉크 뚜껑, 뚜껑 속에 넣어 잉크가 새지 않게 하는 가스켓, 유리병 이렇게 세 개의 금형을 파야 한다. 제작비는 금형 하나에 이백만 원 이상, 거기에 유리병과 뚜껑, 내부 가스켓 제작비 등을 더하면 대략 천만 원이 들어 못하고 있었다. 대출받기는 싫어서 오래 걸리더라도 야금야금 아끼고 아껴 돈을 모았다. 그래도 명색이 브랜드명을 내건 문구점인데 오리지널리티가 필요하다고 생각했다. 이 정도 돈은 충분히 투자할 가치가 있다고 판단했다.

결국 돈이 모일 때마다 하나씩 금형을 제작했다. 세 개의 금형을 모두 파고 제작까지 마치자 정말 천만 원 정도가 들었다. 당장 통장에 쓸 돈이 없어서 품절되었던 노트의 재생산이 미뤄졌다. 조금씩 아끼고 아껴 노트 제작 비용을 마련했다. 빚지는 걸 무서워하는데 다행히 빚은 지지 않을 수 있었다.

잉크 뚜껑은 플라스틱 회사, 잉크병은 유리 회사에 각각 주문해야 했다. 토노 앤 림스 사장님께서 전적으로 병 제작에 도움을 주셨다. 함께 경기도 광주에 있는 유리 공장을 찾아가 설계도와 함께 한 시간 넘게 미팅을 하고 나서 결국 동백문구점만의 잉크병을 제작하기로 결정했다. 클래식하면서 오래 봐도 질리지 않을 디자인으로 만들고 싶었다.

또한 기능성도 생각해야 했다. 비효율적인 유리 사용이지만 병의 아래 부분에 유리를 많이 넣어 잉크를 충전하다가 쓰러지는 경우를 막고자 했다. 잉크병은 세로로 긴 형태로 설계해 잉크를 충전할 때 피드(촉 뒤에 붙은 잉크 저장소)까지 잉크가 닿지 않아 충전이 안 되는 경우가 없게 제작했다. 병목도 길게 설계해 충전 시 만년필이 사방으로 흔들리지 않고 고정되게 했다.

유리병 회사와 플라스틱 회사와의 미팅 후 샘플 제작에

들어갔다. 샘플을 받아 조립을 했는데 병과 뚜껑의 아귀가 맞지 않았다. 다시 두 회사와 소통을 거친 후 샘플을 받았더니 이제야 딱 맞아 들어갔다.

　새 잉크병이 나왔으니 그에 맞는 스티커 라벨을 제작해야 했다. 잉크병의 한 면을 가득 채우진 않으면서 색은 예쁘게 보여줘야 하고 15ml에서 지면 부족으로 적지 못했던 잉크의 이름까지 넣기로 생각했다. 또 각진 잉크병인 만큼 스티커 모서리에 라운드를 살짝만 주기로 했다. 각이 잡힌 영국 수트를 입은 단정한 신사 같은 느낌을 원했다. 샘플로 소량을 출력해 테스트해봤는데 처음 만든 샘플은 병에 비해 스티커 크기가 작았고, 두 번째로 만든 샘플은 로고가 좀 작아보였다. 결국 세 번의 샘플 제작 후 지금의 라벨 디자인을 갖출 수 있었다.

　새로운 잉크병과 라벨 스티커까지 준비됐으니 이제 본격적으로 제작을 해야 했다. 저녁 일곱 시 반 퇴근 후 열 시까지 잉크를 만들면 50~100병 정도를 만든다. 인기 있는 검빨파 색상은 100병씩, 비교적 인기가 덜한 잉크는 50병씩만 만든다. 은근히 정교한 작업이라 집중력을 많이

어, 진짜
문구점 아저씨가 됐잖아?

요한다.

늦은 밤, 에너지가 고갈되어 택시를 타고 집에 가고 싶은 유혹이 강하게 든다. 하지만 아껴야 하기에 터벅터벅 지친 몸을 이끌고 십오 분을 걸어 지하철역으로 걸어간다. 사십 분 동안 지하철을 타고 환승한 뒤 삼송역에서 내려 십오 분을 걸어 집으로 향한다. 아침 열 시에 집을 떠났는데 퇴근해서 집에 돌아오니 밤 열한 시 반이다. 이런 삶이 반복되었다.

하루 한 명도 안 오는
문구점이지만 괜찮아

대부분 인스타그램 칠만 팔로워(원래는 팔만 중반이었다……), 유튜브 십만 구독자(지금은 구만……)가 하는 가게면 사람들로 북적북적할 거라고 생각한다. 다른 멋진 분들의 가게라면 그럴 확률이 높다. 하지만 내 가게는 조용하다. 조용하다 못해 파리 날린다. 애초에 워크인으로 지나가다 들어오게 하고 싶지 않았기 때문에 커튼을 쳐놓아 열었는지 안 열었는지 알기도 어렵다.

모르는 분들이 보면 닫힌 가게라고 생각할 여지가 많다. 고양이가 나가는 걸 방지하려고 설치한 감옥(?) 같은 방묘창에 걸려 있는 작은 오픈 팻말과 불 밝힌 벽등을 제

어, 진짜
문구점 아저씨가 됐잖아?

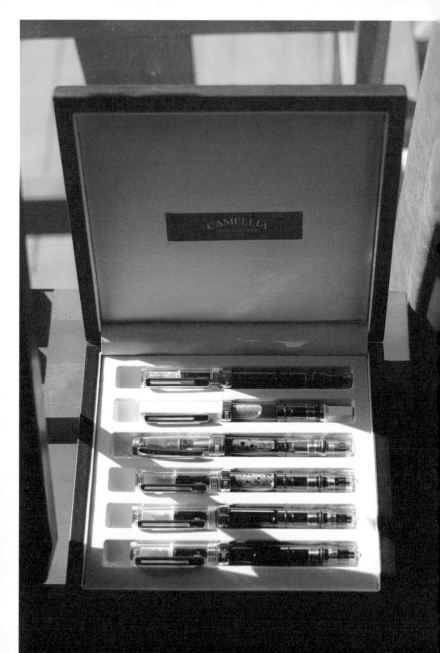

외하면 영업 중이라는 사실을 알기 힘들다. 아는 사람만 조용히 찾는 곳이었으면 했다. 입간판도 요란하게 내놓을까 하다가 그러지 않았다.

워크인으로 오는 분들 대부분은 내가 골라둔 문구점 물건들에 대해 큰 애정이 없다. 일반화일 수도 있겠지만 실제로 겪은 일들이다. 물건을 이리저리 어질러놓고, 떨어뜨린 채 그대로 두고 가거나 등등. 기본이라고 생각한 걸 지키지 않는 분들이 많았다. 반면 일부러 찾아오신 분들은 대체로 매너가 좋았다. 있던 자리에 그대로 갖다놓고 아무도 만지지 않았다는 듯 다시 살포시 놓는다. 내 의도가 전달된 것인지 알고 찾아오시는 분 비중이 반 이상이다.

물론 불특정 다수가 들어와 '이렇게 사는 사람도 있구나' 하며 알려지면 좋은데, 마주한 현실은 고장 난 시필용 만년필이었다. 아니면 남들이 열심히 써놓은 릴레이 필사에 낙서해 놓거나 등등. (할 말은 많지만 다 하면 책이 천 페이지가 넘을 수 있어 이 정도만 하겠다.) 솔직히 그런 분들을 마주치면서 인류애가 사라지는 경험을 잦게 하고 있다.

결국 고장 난 만년필과 진행 중이던 릴레이 필사 노트

를 버렸다. 이후로 릴레이 필사는 미리 알고 찾아 와주신 분들이 물어볼 경우에만 노트와 만년필의 위치를 알려드린다. (거창하게 비밀인 것마냥 말했는데 사실 손님용 책상 우측에 있다.)

기억에 남는 손님이 누구냐고 묻는다면 모두가 기억에 남는다고 답하겠다. 물건을 구매해주시는 것도 물론 좋지만 진득하게 앉아서 체험만 해보고 가셔도 정말 기분이 좋다. 제품 가격이 다소 부담된다면 굳이 사지 않아도 된다. 오프라인 공간은 판매용으로 연 건 아니기 때문이다. 절대 눈치 보지 말고 그냥 낙서하며 스트레스를 풀고 가면 된다. 나는 방해가 될까봐 일부러 책으로 담을 쌓아놓고 열심히 읽고 싶은 책을 읽는다. 나 또한 그렇지만 작은 가게에 들어가는 순간 그냥 나오면 안 된다는 무언의 압박이 생긴다. 그래서 뭐라도 하나 사서 나오는데 그게 먹을 거라면 상관없지만 잡화 등 딱히 필요하지 않았고 눈치 보여서 샀던 거라면 결국 쓰레기만 되더라.

부디 이 책을 보고 오셨다면 그냥 놀다가 친구랑 약속 시간이 되면 그냥 나가시길. (아, 물론 필요하면 구매해도 좋

습니다, 고객님.) 문구점을 연 가장 큰 이유는 다양한 사람들을 만나 이야기해보고 이렇게 사는 사람도 있다는 걸 알리고, 서울 놀러 온 김에 겸사겸사 들를 괴짜 같은 공간을 만들기 위해서다. 불특정 다수에게 유명해지는 건 포기했지만 그래도 이곳저곳에 기사가 나가면서 찾아주시는 분들이 늘었다. 실제로 지방에서 서울로 놀러 왔다가 친구를 기다리는 공간(?)으로도 많이 쓰인다. 여름엔 시원하게 겨울엔 따뜻하게 해놓으니 언제든 환영한다.

사실 수도 시설이 있어서 맘만 먹으면 핸드 드립 커피를 내려드릴 수도 있다. 기다리시는 분께 커피 한잔 내드리고 싶은 생각도 있지만 그냥 생각만 하고 있다. 현재는 맛있는 콜드브루를 사서 물이랑 탄 다음 드리는 정도다.

이야기가 삼천포로 빠졌는데 결론은 그냥 놀다가 가셔도 된다는 것이다. 석봉이랑 장난감으로 놀아주셔도 좋고. 우리 석봉이는 사람을 가리지 않으니까요.

석봉이가 소중하게
내게로 왔다

한참 문구점 이야기하다가 갑자기 웬 석봉이냐 할 수도 있
겠다 싶다. 석봉이가 누구인지는 차차 설명할 테니 쭉 봐
주시길 바란다.

고등학생 때부터 러시안블루 고양이 두 마리를 키웠다.
온전히 사랑한 녀석들이었다. 군대 전역 후 서울로 혼자
이사 오면서 으레 상경한 젊은이들이 그렇듯 작은 원룸에
살았으니 보고 싶은 고양이들은 본가에 두고 몸만 올라올
수밖에 없었다. 숨만 쉬고 살아도 월 백만 원이 나가는데
차마 고양이까지 키울 여력이 되지 않았다. 대학교도 졸업
하지 않고 스물세 살부터 혼자 서울에서 살았다. '뭐 먹고

어, 진짜
문구점 아저씨가 됐잖아?

살아야 할까?', '내가 좋아하는 일은 뭘까?' 생각하며 하루 하루를 보냈다.

이때만큼 생각이 많을 때가 있었을까 싶다. 매일 도서관에서 책을 읽으며 내가 좋아하는 건 무엇일까 진지하게 고민했다. 부모님이 공무원이기도 하셔서 공무원 시험을 쳐볼까 싶었다. 안정적으로 살면서 퇴근 후에 취미 활동을 하고 싶어서. (사실 여의도 근처에 머물려고 대방동이라는 곳에 자리를 잡았는데 노량진 바로 옆이었다. 거기엔 각종 공무원 학원이 즐비했다.)

시험까지 사오 개월 남았길래 바짝 해볼 생각으로 학원 상담을 가보니 강의 한 사이클을 돌리는 데 팔 개월에서 일 년 가까이가 걸렸다. 이래선 응시도 못할 것 같아 온라인 강의 결제 후 한 번 듣고 기출문제만 혼자 엄청나게 풀어댔다. 하루에 여덟 시간 정도 독서실을 다니며 주 일 회만 쉬고 매일 공부했다.

4월에 시험이 있었다. 응시 후 시험 당일까지도 열심히 공부했다. 드디어 당일, 긴장을 많이 해 시험 전에 화장실을 자주 갔다. 이 시험에 합격하지 못하면 인생이 망할 것

만 같았다. 종이 울리고 백 분 동안 백 문제를 풀어야 했다. 시간이 많지 않았던 관계로 국어 과목에서 외우는 데 오래 걸리고 비중이 적어 보이는 한자 파트를 제외했는데 유독 거기서 문제가 많이 나왔다. 첫 단추부터 잘못 꿰어진 느낌이었다. 내가 공부하지 않은 곳에서 문제가 많이 나오다니……. 근데 아마 공부를 했어도 시간이 많지 않았기에 맞히긴 힘들었을 거 같다(는 합리화라도 하고 싶다).

　어찌저찌 집중해서 풀다보니 백 분의 시간은 금방 갔

어, 진짜
문구점 아저씨가 됐잖아?

다. 인생에서 가장 빠르게 흐른 백 분이었다. 시험 결과 총 백 문제 중 합격점에 한 문제도 안 되는 점수가 부족해 불합격했다. 총점에서 0.25점인가 모자랐다. 열심히 했다고 생각했는데 충격이었다. 특히 유독 자신 있다고 생각했던 국어에서 한자 문제를 세 개나 틀리며 모의고사에서 한 번도 본 적 없던 팔십 점대를 맞았다. 이때의 충격에서 헤어나오지 못하겠더라.

6월에도 시험이 있었는데 내가 하고 싶지 않은 지방직이어서 건너뛰었다. 일 년 더 하면 되겠지라는 마음으로 마음을 다잡아봤지만 쉽지 않았다. 매일 자책만 늘어갔다. (본인이 공부 안 한 거면서……) 다행히 원래 술은 마시지 않아 알코올 중독이 되진 않았다. 술을 마시는 사람이었다면 아마 매일 소주를 마시지 않았을까 싶다.

그때는 그 정도로 자책만 하던 시기였다. 결국 어영부영 일 년을 통으로 보냈다. 공부한다는 핑계로 도서관에 기출 문제집을 들고 가서 다른 책만 보다 오고 집에서는 공부가 안 된다는 핑계로 글씨 연습을 했다. 그때 나는 불확실한 미래에 압도당한 채였다. 시간적으로는 일 년을 더 공부했지만 실질적으로는 한 달도 공부하지 않았다.

4월 시험이 곧 다가왔다. 이번엔 응시를 하지 않았다. 부유한 집도 아닌데 부모님 재산만 축내고 이게 뭐하는 짓인가 싶었다. 결국 부모님께 말씀드리고 깔끔히 포기한 채 본가로 내려왔다. 본가에서도 딱히 하는 일 없이 자괴감에 빠져 살았다. 두세 달을 그렇게 멍하니 티비만 보면서 밥이나 축내고 있으니 도저히 안 되겠다는 생각이 들었다. 부모님께도 정말 죄송했다. 죽이 되든 밥이 되든 다시 서울로 가서 일을 시작하자는 생각이 들었다.

당시 나는 커피를 굉장히 좋아했는데 다양한 산지의 원두를 나름대로 조합해가며 마시는 걸 좋아했다. 특히 내가 좋아한 원두는 가볍게 볶은 코스타리카와 케냐 원두였는데 둘을 섞으면 새콤달콤 아주 맛있었다. 이참에 커피를 배워볼까 싶었다.

우선 서울로 가려면 집이 필요했다. 위치를 물색하다가 고시촌이라는 곳을 발견했다. 이름부터 고시촌이라 뭔가 포스가 느껴졌다. 의외로 월세가 저렴하진 않았다. 고시촌 건너편 서림동이라는 곳을 둘러보다가 방을 구했다. 여덟 평 원룸인데 주방이 없는 곳이었다. 주방이 없어 여덟 평인데도 불구하고 굉장히 여유로운 크기였다. 어차피 주변에 고시 식당 등 다양한 식당이 많았다. 주방 대신 넓은 공간을 택했다. 임대료도 한 달에 사십 만 원으로 저렴했다.

집은 구했으니 일을 구하려고 사방팔방 알아봤다. 예상과 달리 경력이 없으면 카페에 취업하기 힘들었다. 대학도 졸업하지 않은 채 살다 보니 가고 싶던 회사들은 고졸 학력으로 지원할 수 없었다. 또 몇 달을 그렇게 책 보고 글씨 쓰며 허송세월했다. 내 이십 대의 절반은 허송세월이었다고 해도 과언이 아니다.

주방이 없으니 당연히 끼니는 식당에서 해결했다. 매번 부모님께 손 벌리는 것도 죄송한데 좋은 걸 먹자니 양심에 찔려서 고시 식당 월식을 끊었다. 고기 반찬이 하루 한 번 이상은 꼭 나오고 뷔페식으로 운영되는 곳이었다. 가난한 백수에게 이보다 좋은 곳이 있을까 싶었다. 한 달에 십칠 만 원만 내면 하루 세 끼를 해결할 수 있었다. 하지만 일주일쯤 먹었을까? 점점 소화가 안 된다는 게 느껴졌다. 물론 운동을 전혀 하지 않아서일 수도 있다. 전역 전까지만 해도 운동에 거의 미쳐 살았는데 전역 후 마음의 여유가 없으니 가벼운 운동도 하지 않게 되었다. 정신이 무너지니 몸도 무너져갔다. 결국 월식은 보름 만에 중단했다. 먹고 나면 항상 속이 더부룩하고 음식이 목에 걸려 넘어가지 않는 느낌이 들었기 때문이다.

매일매일이 스트레스의 연속이었다. 침대와 책상을 제외하면 딱 몸 하나 누울 수 있는 그 작은 방에서 나는 종일 흰 벽지를 보고 있었다. '내일도 똑같이 의미 없고 무미건조하며 우울한 하루겠지…….' 더 이상 이렇게 살면 안 되겠다, 싶었다. 스타벅스 바리스타 공개 채용에 지원했다. 소공동에서 면접을 보고 합격했지만 정말 죄송하게도 출근할 수 없었다. 마음이 극도로 불안했기 때문이다. 사회 낙오자인 내가 과연 일할 수 있을까, 싶었다. 스타벅스 직원분들은 다들 미소가 넘치고 자신감이 넘쳐 보였기 때문이다. 사실 합격할지도 몰랐다.

정신과 몸이 피폐해지면서 나는 스스로를 낙오자로 낙인찍고 있었다. 그렇게 또 몇 달을 책 읽고 글씨만 쓰다가 이대로 살면 큰일 날 것 같아서 현재 내 상태를 진단하고

어, 진짜
문구점 아저씨가 됐잖아?

자 정신과를 방문했다. 우선 임상심리 전문가에게 심리 검사를 받았다. 그림도 그리고 글도 써서 내고 퍼즐도 풀고 숫자도 계산하고 등등 많은 검사를 진행했다. 검사 결과는 매우 좋지 않았다. 모든 수치가 최고 위험도를 가리키고 있었다. 우울, 불안, 스트레스, 공황 등등.

검사 결과를 바탕으로 정신과 의사 선생님과 상담을 진행했다. 우선 오늘은 상담만 할 거니 어떤 상황이 있었는지 하나하나 다 말해보라고 하셨다. 전역 이후 발생한 일련의 일들에 대해 다 말씀드렸다. 의사 선생님은 의사이기 이전에 한 명의 인생 선배로서 부드럽게 조언해주셨다. 마음이 많이 안정되었다. 집에 가서 조언을 잘 생각해보면서 마음을 올바른 방향 쪽으로 돌리려고 노력해보고 무기력이 계속될 경우에는 다시 오라고 말씀하셨다. 그때 약을 처방한다고 하셨다.

하지만 결국 아무것도 없는 천장만 쳐다보며 식음을 전폐하고 한 달을 살았다. 그렇게 정신과를 일 년 넘게 다녔다. 약을 먹으니 생각이 사라지더라. 살면서 생각이 넘쳐흐르던 나였는데 처음으로 고요를 맛봤다. 정신과를 다니면서 약을 먹어도 힘들긴 힘들었다. 무뎌진 건지 어느 순간부턴 약이 크게 도움이 되는지도 느끼지 못했다.

어느 날 정기 진료 중에 의사 선생님과 나눈 상담에서 가장 인상 깊었던 일이 있다. 당시 나는 몇 년 동안 부모님께 손을 벌리며 아무것도 이루지 못하고 몸과 마음이 피폐해져서 병원이나 다니는 아픈 손가락 같은 아들이었다. 가뜩이나 힘들었던 정신이 부모님에 대한 죄책감으로 더 힘겨운 상태였다. 의사 선생님께 여쭤봤다.

"부모님께 계속 빌붙어 사는데 이렇게 살 거면 왜 사는지 모르겠어요. 이렇게 사는 게 맞는 걸까 매번 고민이에요. 어쩌다 이렇게 된 건지 모르겠어요. 아무것도 하기 싫고 뭘 하려고 해도 나 같은 애가 잘할 수 있을까란 생각에 자꾸 도망치게 돼요. 그냥 평범하게 대학 졸업하고 취업을 했어야 했나 싶어요. 세상은 좋아하는 걸 찾고, 좋아하는 일로 먹고살기는 정말 힘든 걸까요? 좋아하는 걸 해보자는 생각으로 자취를 결심했지만 막상 내가 뭘 좋아하는지도 모르겠고 어떤 일을 잘하는지도 모르겠어요. 지금 와서 생각해보면 젊은 혈기에 너무 무모한 짓을 한 것 같아요.

좋아하는 일을 알면 그 방향으로 즐기면서 일할 텐데…….
잘하는 걸 알면 비록 조금 하기 싫은 일이라도 참고 인정
받으며 일할 텐데……. 저는 뭘까요?”

그때 의사 선생님께서 말씀하셨다.

“지금 그런 고민은 그 나이대라면 누구나 하는 고민이
에요. 부모님께 손 벌리는 게 죄송하다고 했는데, 부모님
은 자식을 위해서라면 간도 쓸개도 다 빼주실 분들이에요.
만약 자식한테 들어가는 돈이 많아지면 내게 쓸 다른 소비
를 줄여서라도 기쁜 마음으로 자식에게 투자하는 게 부모
님의 마음이랍니다. 뭘 좋아하고 잘하는지 지금은 모를 수
있어요. 그 나이에 그걸 알면 모든 사람들의 인생이 행복
할 거예요. 하지만 한 가지는 확실해요. 이 세상에 필요 없
는 사람은 없다는 거예요. 한빈 씨도 이 세상에 필요가 있
어서 태어난 거랍니다. 그러니 너무 자책하지 마세요. 자
책하면 좋아하는 일을 찾아도 포기하게 돼요. 오늘부터는
자책을 그만하고 물심양면 지원해주시는 부모님께 매일
감사하며 살기, 이 세상에 필요가 있어서 태어난 사람이란
생각을 갖고 살기, 저와 약속해줘요. 할 수 있죠?”

이 말을 들으니 눈물이 핑 돌았다. 이후 이대론 정말 안 되겠다, 싶어 카페에 취업하고 폰트 회사에서도 일하고 블로그를 키워 투잡을 하는 등 열심히 살았다. 그러다가 오프라인 손글씨 강의를 개설하게 되었고 여태껏 열심히 노력 중이다. 왜? 부모님께 지은 죄를 갚으려고. 그리고 결국

어, 진짜
문구점 아저씨가 됐잖아?

좋아하는 일, 잘하는 일을 찾았기 때문에. 일을 해냈을 때 만들어낸 성과만큼 나도 성장하는 일이 좋다. 결정도 스스로 내리는 편이 좋다. 직접 결정한 만큼 책임은 온전히 내가 지는 게 좋다. 이제 우유부단한 건 진심으로 싫다.

문구점이
자기 세상인 석봉이

문구점을 열 때부터 고양이와 함께하고 싶었다. 클래식한 분위기의 가구들에 둘러싸인 공간에 귀여운 고양이 한 마리. 상상만으로도 얼마나 낭만적인가. 헤밍웨이의 고양이 같은 느낌이랄까. 투박한 이미지의 집사와 귀여운 고양이, 겉은 강해 보이지만 고양이를 매우 아끼며 고양이 앞에서는 무장해제되어 그저 사랑만을 전하는 집사. 아무튼 이런 이미지를 그리면서 문구점을 구상했더랬다.

어느 정도 문구점 공사도 끝나고 운영도 익숙해졌을 무렵 고양이와 함께할 때가 되었다는 생각이 들었다. 인테리어는 초반에 머릿속으로 그리던 그대로 구현했는데 가장

어, 진짜
문구점 아저씨가 됐잖아?

중요한 고양이가 빠져 있었다. 생명체가 없으면 공간은 휑한 느낌이 든다. 공실을 보러 가면 섬뜩한 느낌마저 들 때도 있다. 하지만 항상 함께 지내는 생명체가 있다면 그 공간은 따스한 곳이 된다.

굶어 죽지는 않을 정도가 되자 고양이 입양을 알아봤다. 다양한 사연을 가진 유기묘 분양 사이트도 있었고 인스타그램에 사비로 구조한 고양이들을 임시보호하는 천사 같은 분들도 있었다. 유기묘 사이트를 계속 둘러보다가 근처에서 구조된 아이가 있으면 연락하곤 했으나 매번 불발되었다. 인스타그램 해시태그 '#유기묘구조#유기묘분양'에 들어가서 사비로 임시보호하는 분들의 계정을 보고 신청서 양식을 제출한 뒤 기다리기를 수차례, 모두 거절당했다. 표면적인 이유는 혼자 사는 남자라는 것이었는데 실제 이유는 알 수 없다.

계속 같은 이유로 거절당하자 마음이 좋지 않았다. 혼자 사는 남자가 어때서. 오히려 안 그래 보이는 사람이 고양이를 더 아끼고 사랑해줄 수도 있는데 말이다. (마동석이 아기 고양이를 안고 있는 사진처럼.) 하지만 그분들도 고양이를 구조하고 임시보호를 하면서 쌓인 경험치로 거를 타선을 정했으리라. 파양되어 돌아오는 경우도 상당히 많다고 들었다. 가뜩이나 힘들었을 아이들인데 다시 큰 고통을 안겨주기 싫어, 좀 더 확실하고 안정적인 사람에게 보내려는 마음이 이해되었다.

이후로는 유기묘 분양 생각을 접었다. 자주 구경하던 캐터리에서 마침 아기들이 태어났고 나는 가장 억울하게 생긴 얼굴을 가진 녀석을 데려오기로 했다. 그게 석봉이다. 석봉이는 브리티쉬 숏헤어인데 아기 때 사진을 보면 얼굴이 동그랗고 눈이 처져서 약간 억울한 인상까지 준다.

석봉이를 데리고 오는 과정은 험난했다. 몰랐는데 석봉이를 데리고 오기로 한 캐터리가 대구에 있었다.

대구에서 하룻밤을 보내고 다음 날 낮에 서울로 떠나는 일정이었다. 이미 문구점에는 고양이 용품들이 가득 준비되어 있었다. 조금 과하다 싶을 정도로 용품도 간식도 많았다. (결국 석봉이가 잘 안 쓰는 용품들은 주변 집사님들께 나눔했다. 간식은 다 잘 먹더라.) 정오, 약속장소에서 기다리는데 케이지를 들고 오는 사람이 보였다. 아이의 특징과 꼭

병원을 가야 할 경우 등의 설명을 듣고 석봉이의 케이지를 담요로 덮었다. 기차가 오기까지 기다리는 동안 구석으로 가서 최대한 조용하게 있었다.

석봉이는 코가 짧아서 더 동글동글한 인형처럼 보였다. 기차 출발 오 분 전에 플랫폼으로 내려가는데 공중에 뜬 느낌이라 그런지, 아니면 주변 소리가 시끄러워 그런지 석봉이가 바짝 긴장해 있었다. 영역 동물인 고양이라 자기 영역을 처음 벗어난 충격이 컸을 테다. 어쩔 줄 모르고 '야옹, 야옹' 울어대는데 '괜찮아, 괜찮아' 달래면서 내 마음도 진정하려고 노력했다.

기차 안에선 굉장히 얌전하게 잘 있었다. 손에 얼굴을 비비고, 잠도 자면서 서울역에 무사히 도착했다. 하지만 내리자마자 엄청 울어대기 시작했다. 아마 대구보다 훨씬 역사도 크고 시끄러워서 그랬을 것 같다. 미리 불러놓은 모범 택시에 석봉이를 태우고 문구점으로 향했다. 내가 느끼기엔 승차감이 정말 좋았는데 석봉이는 무서워하며 계속 울었다. 신기하게도 괜찮다고 말하면서 쓰다듬어주면 조용히 그르릉거렸다.

이십 분 후 문구점에 도착했다. 케이지 문을 열어줬는데 나오질 않았다. 새 공간이 낯설어서 그러리라. 조금 지켜봤지만 경계를 풀지 않았다. 관심 없는 척 기다리다가 츄르를 줘봤는데 빼꼼 나와서 핥아먹었다. 슬슬 경계를 풀기 시작하면서 온 지 하루 만에 내게 다가와 몸을 비벼댔다. 밤 늦게까지 함께한 뒤 펠리웨이(고양이 페로몬 디퓨저)를 켜놓고 퇴근했다.

다음 날 석봉이가 걱정돼서 눈 뜨자마자 문구점으로 출근했는데 보이지 않았다. 숨을 곳이 없을 텐데, 츄르를 꺼내도 나오지 않았다. 좁은 문구점 내부를 샅샅이 찾아보았으나 어디에도 없었다. 물론 석봉이가 밖으로 나갈 방법은

없었지만 그래도 걱정되기 시작했다. 설마설마했는데 스탠드 거울 뒤에 웅크린 채 조용히 있었다. 많이 낯선가 보다 싶었다.

혼자만의 시간이 필요한 것 같아 그대로 두고 택배를 포장했다. 우체국에서 택배를 보내고 돌아와도 석봉이는 그대로 있었다. 어제만 해도 잘 나와서 놀던 애가 왜 이럴까 싶어서 씨씨티비를 확인해봤으나 별 문제는 없었다. 밤에 잘 뛰어다니기만 하더라. 살금살금 다가가서 쓰다듬어주고 겨드랑이에 손을 넣어 꺼냈다. 무릎에 올려두니 새근새근 잘 잤다. 그날은 휴무였기 때문에 하루 종일 친해지는 시간을 가졌다.

하지만 다음 날 출근했을 때 또 안 보였다. 설마 어제 거기 있나 싶어 거울 뒤를 봤는데 역시 그곳에 있었다. 얌전히 햇살을 쬐며 자고 있길래 내버려뒀다. 택배 업무를 마치고 나니 깨어서 돌아다니길래 장난감으로 놀아줬다. 아주 신이 나서 뛰어다니더라. 다행히 한시름 놓을 수 있었다.

처음 걱정과는 달리 석봉이는 사람을 아주 좋아했다. 다른 사람이 와도 숨거나 하지 않고 오히려 먼저 다가갔

어, 진짜
문구점 아저씨가 됐잖아?

다. 물론 내게는 더욱. 그렇게 작았던 석봉이가 점점 자라서 이제 어른이 됐다. 그동안 몸은 많이 불어 동글동글해지고 얼굴은 빵빵해지면서 귀티가 나기 시작했다. 어찌 사랑하지 않을 수 있으랴.

석봉이는 지금 동백문구점이 자기 세상이다. 여기 있을 때 가장 편해 보인다. 애교도 참 많이 부리고, 갈수록 응석받이가 되어간다. 많은 분들이 석봉이를 보러 문구점에 와주신다. 예쁘다고 칭찬도 해주시고. 그럴 때마다 마치 아빠가 된 느낌이다. 자식이 칭찬받으면 기분 좋다는 게 이런 느낌인가 싶다.

죄송하지만
쇼핑백이 없어요

코로나 시국, 배달 음식과 택배 등 비대면 서비스가 늘어나면서 쓰레기 문제에 경각심을 가지게 되었다. 어느 순간 쌓여 있는 플라스틱 그릇들을 보고 배달 음식을 끊게 되었다. 비싸고 살만 찌기도 하고. 한 푼이라도 아껴야 더 좋은 제품을 만들고, 더 나은 서비스를 제공할 수 있기에 점점 미니멀하게 살려고 노력한다.

배달 음식을 먹지 않으니 플라스틱 쓰레기가 거의 나오질 않는다. 장 볼 때도 플라스틱이나 비닐 쓰레기가 많이 나오는 건 사지 않다 보니 가공 식품을 먹는 경우도 거의 없어졌다. 커피를 테이크아웃 할 때도 텀블러를 사용한다.

어, 진짜
문구점 아저씨가 됐잖아?

카페에서 머물다 가면 커피가 많이 남아도 테이크아웃 잔에 담아 가지 않는다. (사실 커피를 워낙 좋아해 남기는 경우가 없다.)

항상 경각심을 가지고 어떻게 하면 플라스틱과 일반 쓰레기를 줄일 수 있을지 고민한다. 당연히 문구점 택배는 테이프부터 포장재, 완충재까지 전부 종이를 사용한다. 분리 배출하기 편하고 특히 종이 완충재의 경우 비닐 에어캡과는 달리 펴서 접어두면 작은 부피로 보관할 수 있어 재사용하기도 좋다.

하지만 어쩔 수 없는 부분도 물론 존재한다. 내가 제작할 수 없어 사입해오는 제품들의 포장은 어떻게 할 수가 없다. 그래도 최대한 담당자님께 말씀드려 물건을 택배로 보낼 때 에어캡 대신 신문지나 종이로 포장해달라고 부탁한다. 만약 이렇게 포장해서 물건이 상해도 내가 책임지고 받는다고 했다. 다행히도 이런 어이없는 제안(?)을 들어주셨다.

노트의 경우 색이 들어간 제품이나 가죽으로 된 제품은 비닐 밀봉을 하지 않으면 오염되기도 하고 물건을 받고 나서 새 제품인지 아닌지 모르겠어 찝찝하다는 의견이 많아 어쩔 수 없이 비닐로 밀봉을 한다. 양해 부탁드린다. 잉크 병도 뚜껑 같은 경우 플라스틱을 사용할 수밖에 없다. 따라서 잉크를 다 쓴 뒤 빈 병을 가져오신 분들께 할인된 가격으로 리필을 해드린다. 온라인으로 할 수 없어서 아쉽지만 오프라인에서라도 진행하고 있다.

노트는 아무리 종이라곤 하지만 결국 쓰지 않으면 쓰레기가 될 뿐이다. 동백문구점의 목표는 노트를 끝까지 다 쓰는 경험을 해보는 것이기에 노트를 다 쓰신 분들께 재구

매 시 할인을 해드린다. 하지만 노트 한 권 쓰기가 어려운 만큼 아직 많이 찾아오시지는 않는다. 그렇지만 열심히 쓰고 있다는 연락을 받을 때면 정말 기분이 좋다. 마음에 드는 노트를 사서 끝까지 다 쓰는 경험을 하길, 다 쓴 노트는 나만의 기록이므로 평생 보관하길 바란다. 책장에 꽂아 두고 보관할 경우를 염두에 두고 디자인했기 때문에 인테리어 소품으로도 좋다.

기존에도 비닐봉지 대신 손잡이가 달린 재생지 가방을 사용했는데 어느 순간 이마저도 집에 가져가면 쓰레기 그 이상도 이하도 아니게 된다는 생각이 들었다. 있던 재생지 가방까지만 다 쓰고 더 이상 주문하지 않았다.

대신 원가 수준으로 저렴한 가격의 에코백을 준비해놨다. 에코백을 구매하면 제조 물품(노트와 잉크)에 한해 개당 천 원씩 할인도 해드린다. 에코백은 동백문구점 영문 로고를 이용해 실크스크린으로 인쇄했다. 모르는 사람이 보면 문구점 가방인지도 알 수 없게.

"저희는 일회성 가방이 없습니다. 에코백을 준비하거나 자기만의 가방을 준비해주시길 바랄게요. 단, 잉크는

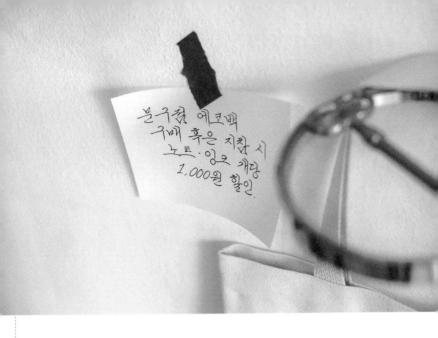

깨질 우려가 있어 종이 완충재로 포장해드립니다. 종이 완충재는 집에 가서서 접어두면 나중에 재사용하실 수 있어요. 그럼 불편하시더라도 조금만 양해 부탁드릴게요.”

어, 진짜
문구점 아저씨가 됐잖아?

3부

그렇게 살면

인생이

재미없지 않나요?

술, 담배, 유흥도 없이
무슨 재미로 살아요?

많이 듣는 얘기가 있다. 술, 담배, 유흥 등도 하지 않으면 인생이 무슨 재미냐고. 우선 나는 술, 담배, 도박, 마약(!), 주식 등 한번 손대면 그만두기 힘든 건 애초에 시작도 하지 않는다. 술은 내가 모르는 나의 모습을 남에게 보여줄 것 같아서 싫다. 더불어 알코올 냄새도 참을 수가 없다. 알러지가 있는 건지 초등학교 과학 시간 때 알코올 램프에서 나는 냄새도 견디기 힘들었다.

이러한 이유로 술을 마시지 않는다. 만약 술을 마셨는데 나도 모르는 모습이 나와 주변에 피해를 준다면 상상만 해도 끔찍하다. 나는 키도 크고 몸무게도 많이 나간다. 키

193센티미터에 요새 살이 많이 쪄서 몸무게는 130킬로그램 정도다. (평소엔 100킬로그램이었다. 뭐든 거구인 건 변함이 없지만.) 이런 사람이 갑자기 술을 마시고 광인이 된다면 테이저건 맛을 봐야 진정할지도 모른다.

술을 마시지 않아서 좋은 점과 나쁜 점이 있는데 우선 좋은 점이라 함은 이십사 시간 맨정신이라는 것이다. 힘들 때 맨정신이면 오히려 더 힘들지 않냐고 물을 수도 있다. 하지만 취한다 해도 미봉책일 뿐이다. 근본적인 건 바뀌지 않으니까.

또, 술값을 아낄 수 있다. 나는 술집을 거의 가지 않고 족발이나 삼겹살 등 고기를 먹을 때도 술을 시키지 않는다. 그럼 편의점이나 마트에서 사서 마시면 되지 않느냐고 할 수도 있다. 물론 그러면 돈을 아낄 수는 있지만 가게에서 오천 원씩 주고 사 먹을 때보다 더 많이 마실 수도 있다. 초인적인 자제력이 있는 사람이 얼마나 될까? 그래서 나는 아예 시작을 않는다.

단점이라면 술자리에 거의 나가지 않다 보니 인간관계가 넓지 않은 편이다. 술을 마시지 않고 마당발인 사람은 거의 본 적이 없다. 대부분 한잔하며 친해지는 편이기 때문에. 또, 술자리에는 많은 사람이 모일 가능성이 많고 그 가운데 술이 한잔 들어가며 분위기가 풀어진다. (이건 술의 순기능이라 생각한다.) 그러면서 친해지고, 친해진 사람이 다음에 다른 술자리에 부르고. 그럼 또 새로운 사람과 마주하게 되고 이런 순환이 반복된다. 그러다 보면 어느새 아는 사람이 많아질 것이다. 인간관계가 깊든 그렇지 않든 상관없이 내 전화번호부는 가득 차 있을 것이다.

한때는 이 때문에 술을 참고 마셔볼까 했지만 굳이 그럴 필요가 있을까 싶다. 내가 좋은 사람이 되면 술자리가 아니어도 날 찾는 사람이 생길 거고, 그렇게 넓지는 않아도 탄탄한 인간관계를 하나둘씩 쌓다 보면 나도 언젠간 전화번호부가 가득 차게 되겠지.

담배는 그냥 싫다. '요즘 전자담배는 좋은 냄새 나요' 하실 수도 있는데 난 그 냄새도 싫다. 택시에 탔는데 기사님이 흡연자라 담배 냄새가 차에 배어 있으면 내리고 싶다. 버스나 지하철에 탔는데 옆자리에 술이나 담배 냄새가 심한 분이 앉으면 자리를 비킨다. 이렇게 싫어하는데 입에

어쩌다,
문구점 아저씨

158

갖다 댈 수는 있을까?

특히 내가 운영하는 문구점은 초등학교 앞에 있는데 당연히 금연을 해야 할 것 아닌가. 무시하고 담배를 피우며 아이들 앞을 지나가는 어른들을 너무 많이 봤다. 솔직히 길에서 피우는 담배가 남한테 피해를 준다는 걸 모르진 않을 거다. 그냥 이기적인 거다. 코로나가 만연하던 시국에도 마스크를 당당히 턱에 걸치고 담배를 피우면서 유유자적 걸어가는 모습을 보면 화가 치밀었다.

그렇게 살면
인생이 재미없지 않나요?

망원동엔 할머니, 할아버지 분들이 많이 계신다. 어느 날 한 할머니가 갑자기 땅바닥에 철푸덕 앉으시는 거다. 왜 저러시나 했더니 무릎이 좋지 않아서 자주 쉬면서 걸어가야 한다고 하셨다. 집에 와서 꼼꼼히 비교해본 뒤 깊이가 깊숙하고 튼튼한 벤치를 찾아 주문했다. 길을 가다 힘들면 쉬다 가시면 좋겠다 싶어서. 가볍게 걸터앉을 수도 있고, 엉덩이를 깊이 넣어 편하게 앉을 수도 있는 벤치였다. 또 여차하면 짐 놓을 공간도 있으면 좋겠다 싶었다.

예상대로 할머니, 할아버지께서 많이 쉬다 가셨다. 그럴 때마다 별거 아니지만 괜히 뿌듯했다. 어떤 어르신께서는 의자 놔줘서 고맙다고 몇 번을 찾아와 말씀하셨다. 그럴 때마다 부끄럽기도 하고 감사하기도 했다. 별거 아닌 것에 감사를 표현하는 어르신들을 보고 작은 것에 고마움을 느끼는 사람이 되어야겠다 싶었다. 어떤 할머님들은 그냥 머물다 가기 미안했는지 문을 열고 커피를 주문(?)하셨다. 카페가 아니고 문구점이라 커피는 판매하지 않는다고, 편히 쉬다 가시라고 말씀드렸다. 목이 마르신가 싶어 생수를 드렸다. 카페 같이 예뻐 보인다는 건가 싶어 기분이 좋았다.

하지만 이곳은 점점 하교한 아이들의 놀이터가 되어갔다. 고성은 물론이거니와 신발을 신고 벤치 위에 올라간다든지 담기 힘든 욕설을 서로에게 내뱉었다. 안에서 뻔히보고 있는 걸 알면서도 개의치 않았다. 몇 번 주의를 줬지만 통하지 않았다. 눈쌀 찌푸려지는 행동은 물론 쓰레기도아무렇게나 버리고 갔다. 떡볶이만 건져 먹고 국물이 그대로 남아 있는 컵, 장난감이나 과자, 사탕 쓰레기들을 버리고 갔다. 비단 아이들뿐만 아니라 어른들도 마찬가지였다.테이크아웃 커피잔이나 소주병이 올려져 있는 경우도 많았다. 씨씨티비로 다 녹화하고 있는데 이런 일로 경찰서까

지 가자니 좀 그렇기도 해서 그냥 지켜봤다.

깨진 유리창 이론이란 게 있다. 유리창이 살짝만 깨져 있어도 결국 사람들은 그 유리창을 다 부수고 만다. 그게 벤치에도 적용되었다. 누군가 한 명이 쓰레기를 놓고 가면 계속해서 쌓여갔다. 아침에 출근하면 쓰레기 치우는 게 일이었다. 다 큰 어른까지 그러는 걸 보고 애들은 당연히 그러려니 하겠구나 싶었다. 하지만 잘못된 건 잘못된 것, 어른들이 그런다고 아이들이 쓰레기를 버리는 게 정당화되지는 않는다.

결국 극약처방을 하기로 했다. 어르신들께는 죄송하지만 말로는 통하지 않는 사람들을 어찌할 수 없었다. 깨진 유리창(벤치)을 없애자 거짓말처럼 쓰레기 버리는 사람이 없어졌다. 꽤 쓸만한 벤치라 버리긴 아까웠다. 인스타그램에 선착순으로 가져가실 분 연락달라고 올렸는데 내가 좋아하는 향(인센스) 브랜드인 마타 대표님이 수거해 가셨다. 멋진 선물과 함께. (대표님과 나는 같은 망원동 이웃이다.) 벤치는 관리를 잘해서 깨끗했기 때문에 버리지 않고 잘 쓰실 분께 드렸다는 게 뿌듯했다.

치우고 나니 허전하긴 했지만 속시원했다. 가만히 두자니 비어 보여서 클래식한 디자인의 자전거를 한 대 주문했다. 역시 전면 풍경에는 자전거 만한 소품이 없다. 가끔 이거 타고 다니는 거냐고 물어보시는 분들이 계신데 그냥 꾸밈용이다……. 담배 얘기 하다가 여기까지 오다니 나는 정말 두서없는 사람인가 보다.

마지막으로 유흥, 사실 나는 유흥이 뭔지도 모르겠다. 클럽 같은 곳에 가서 술 마시고 이성이랑 노는 걸 말하는 건가? 내가 막연히 이해하는 유흥은 이거다. 어둡고 시끄러운 분위기, 가벼운 이성과의 만남. 단 한 번도 클럽에 가고 싶다는 생각을 해본 적이 없다. 주변만 지나가도 얼마나 시끄러운지. 애초에 술을 마시지 않으니 이런 쪽으로 빠지기도 어렵다고 생각한다. 시작이 술인데 시작부터 되지 않으니, 나는 맨정신으로 클럽 앞에 오래 서 있기도 힘들다.

우리가 가면
안 되는 곳이야

내겐 모르는 번호로 전화가 자주 온다. 모르는 번호라고 안 받으면 큰일 날 수도 있다. 좋은 제안을 하기 위한 전화일 수도 있기 때문이다. (99%는 아니지만) 문구점을 열고 나서 인터뷰 요청 등이 많이 와서 꼭 받으려고 하는 편이다.

어느 날 모르는 번호로 온 전화를 받았다. 많이 급하신 거 같았다. 복사와 스캔이 되는지 물어보셨다. 그런 게 될 리가 없다. 이 좁은 가게에 그 큰 기계를 들여놓는다니. 죄송하지만 안 된다고 말씀드렸다.

'김수열 줄넘기 파나요?', '동교초 2학년 서예 준비물 파나요?' 등등 다양한 전화가 많이 온다. 팔진 않지만 요즘 사람들이 문구점에 무엇을 원하는지 파악하게 된다. 아마 네이버에 집 주변 문구점으로 검색했을 때 상단에 떠서 전화를 거는 것 같다. 맨 위에 노출된다니 뿌듯하기도 하다. 비록 요청사항을 들어드릴 수 없어 죄송하긴 하지만 말이다.

문구점이 학교 앞에 있다 보니 동교 초등학교 학생들이 자주 기웃기웃거린다. 초등학교 앞에 있기는 이상한 비주얼인가 보다. 그런 미스 매치를 노렸으니 어느 정도는 성공한 셈인가? 아이들끼리 놀다가 삼삼오오 모여 창 안을 들여다본다. 서로 눈치 보며 갈까 말까 이야기하다 결국 안 온다.

문구점에 오는 기자님들이나 손님들이 많이들 말한다. '여기 아이들도 많이 오겠어요.' 나는 아니라고 말씀드린다. 아이들도 쎄한 걸 느끼나 보다. 삼삼오오 모여 떠들다가 문구점이라는 걸 보고 들어가자고 했다가 내부를 보고 뒷걸음질친다. 옆에 있는 한 아이가 '여기는 우리가 가면 안 되는 곳'이라며 친구를 말린다. 들어와도 되는데 안 들어오는 걸 보면 귀엽기도 하다. 들어와서 보라고 해도 괜

그렇게 살면
인생이 재미없지 않나요?

찮다며 절대 안 들어온다.

　여태 이 년 넘게 동교 초등학교 앞에서 문구점을 하며 어머니를 대동하지 않고 들어온 아이들은 자매로 보이는 여자아이 둘이 유일했다. 그 아이들도 문 열자마자 들어가도 되냐고 물어보곤 절대 안 건드리고 눈으로만 구경하겠다고 했다. 이것저것 만져도 제대로만 정리해 놓으면 상관없는데 그럴 분위기로 안 느껴지나 보다. 하긴 어른들도 기웃거리기만 하고 들어오는 사람은 극소수에 불과한데 아이들은 오죽하랴.

　조금 더 친절한 문구점이 되고자 문구점 오픈 입간판도 제작해 세워놓고 커튼도 걷어서 안이 훤히 보이도록 해봤다. 확실히 지나가다 들르는 분들은 많이 늘었다. 하지만 그분들이 왔다 가면 노트가 이리저리 뒤섞여 있고, 만년필은 거꾸로 진열돼 있는 식이었다. 모두는 아니지만 대부분 길 가다 들어오신 분들이 이렇다 보니 어느 순간부터는 입간판을 치웠다. 암막 커튼도 다시 쳐서 바깥과는 다른 느낌을 내고자 했다.

　입간판을 치우고 커튼을 치니 다시 손님이 뚝 끊겼다.

그래도 알고 찾아오는 분들이 종종 계신다. 오히려 스트레스 받을 일은 많이 줄었다. 또, 수고스럽게 일부러 찾아와 주신 분들께 집중할 수 있게 돼서 좋다.

물론 손님이 제품을 흩뜨려 놓으면 주인이 정리하는 게 당연한 게 아니냐 하면 드릴 말씀이 없다. 불특정 다수에게 알려지는 일만이 능사가 아니라고 생각한다. 나는 내 브랜드를 아껴주는 분들과 상호 작용하고 싶다.

그렇게 살면
인생이 재미없지 않나요?

요즘
글씨 쓸 일 없잖아?

운이 좋게도 핫플레이스인 더현대서울 여의도 담당자분께 연락이 왔다. 팝업스토어를 해보자고 하셨다. 생긴 지 채 일 년도 되지 않은 브랜드에 이런 연락이 오다니 감개무량했다. 밖에서 볼 때도 좀 괜찮은(?) 브랜드로 비치나 싶기도 했다. 당연히 부푼 마음으로 승낙을 했다. 대기업이라 그런지 입점 절차가 엄청 복잡했다. 담당자님이 많이 도와주셔서 결국 팝업스토어를 열 수 있게 되었다. 최대한 다양한 물품들을 가져다 놨다. 또, 구석진 곳에 위치한 문구점에 찾아오기 힘든 분들을 많이 만날 수도 있었다.

뜻깊은 시간이었다. 내가 대표인지 모르는 분들이 많아

서 그분들이 자유롭게 하는 이야기를 들을 수 있었다. 가장 많이 들은 말은 '요즘 글씨 쓸 일 없잖아? 이런 거 왜 사려고?'라는 말이었다. 손으로 글씨 쓸 일이 많이 줄긴 했다. 플래너나 가계부도 핸드폰에 입력할 수 있고 말이다. 반면 내가 써놓은 필사 노트들을 진열해 놨는데 그걸 보고 작은 소리로 말하는 '나도 글씨 잘 쓰고 싶다'는 독백도 자주 듣곤 했다.

컴퓨터가 보급된 지 얼마 되지 않았다. 인류는 아주 오래전부터 동굴 벽에 무언가를 그리곤 했다. 구텐베르크의 인쇄기 발명 이후 손으로 성경을 베끼는 필경사는 많이 줄었다곤 하지만 일상적인 것들은 여전히 손으로 써야 했다. 인류의 긴 역사 동안 계속해오던 일이 컴퓨터의 등장으로 고작 수십 년만에 뼛속부터 바뀐다고 생각하진 않는다.

많은 이들이 손글씨에 대한 로망을 갖고 있다. 가계부나 플래너의 내용도 컴퓨터나 핸드폰 자판으로 입력하는 것보다 손으로 직접 쓰는 게 더욱 와닿는다. 아무리 디지털 시대라도 편지를 건넬 때 프린트해서 줄 셈인가? 내가 글씨 연습을 하게 된 계기처럼 누군가는 당신의 잘 쓴 글

씨를 보고 당신에 대한 이미지가 확 바뀔 수 있다.

역설적으로 손글씨를 쓰지 않는 요즘이 손글씨가 가장 경쟁력을 가질 수 있는 때가 아닐까 생각한다. 게다가 손글씨는 한번 연습해 놓으면 평생 써먹을 수 있을 만큼 가성비가 좋다.

아이패드에 애플 펜슬로 쓰는 것도 손글씨다. 스토리보드도 제대로 짤 때는 전문 그림 작가에게 외주를 줘 그림이라는 형태로 표현하는 이유가 있다. 그만큼 아이디어를 전달하기에는 직접 쓴 도식이나 그림 형태가 효율적이라는 뜻 아닐까?

최첨단을 달리는 실리콘밸리에서도 기획자들이 몰스킨 노트를 쓴다고 한다. 단적인 사례긴 하지만 효율을 추구하는 그들도 쓰는 걸 보면 손으로 하는 일이 창의적 사고에 좋다는 방증 아닐까? 부모님이나 사랑하는 사람에게 편지를 보낼 때 키보드로 편지를 작성한 뒤 프린트해서 보낼 수 있다면 손글씨를 안 써도 괜찮은 사람이라는 걸 인정하도록 하겠다.

요즘은 다이어트를 하고, 운동을 해서 멋진 몸매를 만

들고, 피부과에서 시술을 받고, 책을 읽고 지식을 쌓는 등
자기계발 방법도 참 다양하다. 글씨 쓰는 일도 자기계발
중 하나라고 생각한다. 물론 안 해도 살 수 있지만 할 수
있으면 사는 데 무조건 플러스가 된다. 그러니 손글씨도
자기계발이라고 생각하면 좋지 않을까.

노트는
다 똑같은 거 아닌가?

노트는 다 비슷해 보여 저렴한 게 제일이라고 생각하는 분들도 있다. 하긴 겉으로만 보면 그렇게 생각할 수도 있다. 사실 중요한 건 속인데 말이다. 저가 노트들은 대부분 무선 제본(풀)으로, 혹은 스프링을 달아 제작한다. 무선 제본의 경우 쫙 폈다가 노트 내지가 뜯어져 후두두두 흩날리는 경험을 할 수 있고 스프링 노트는 음, 일단 못생겼다. (개취. 도저히 다 쓴 스프링 노트를 책장에 꽂아 놓을 용기가 나지 않는다.)

나는 실로 제본한 전통적인 방식인 사철 양장을 좋아한다. 쫙 펴질 뿐만 아니라 쉽게 뜯어지지도 않는다. 노트를 다 쓴 뒤 모아두는 걸 좋아하는 사람으로서 제일 좋아하는 제본 방식이다. 여러 번 펼쳐보거나 쫙쫙 펼쳐도 튼튼해서 안심이 된다. 소중한 나의 기록을 보관해 뒀는데 오랜만에 다시 보려고 펼쳤다가 속지가 벚꽃처럼 흩날리면 얼마나 마음 아플까.

사철 양장은 이런 장점 플러스 멋 때문에 제본비가 많이 든다. 기계를 사용할 수도 있는데 나는 사람이 직접 하는 걸 선호한다. (때문에 대량 제작을 해도 단가가 똑같아서 소량 제작한다.) 수입지를 사용하고, 수작업을 이용하다 보니 제작 단가가 높다. (외국의 노트들에 비하면 저렴한 편이지만.)

우리나라도 점점 이런 제품들이 인정받을 거라고 생각한다. 다 쓴 노트들이 각자의 책장에 차곡차곡 쌓일 거라고 노트를 제작하는 사람으로서 행복한 상상을 해본다. 그러기 위해서는 소장하고 싶고 항상 들고 다니며 쓰고 싶은 노트를 단종 없이 꾸준히 만들어야겠다.

더불어 손글씨 강의도 열심히 할 예정이다. 본인의 손글씨를 마음에 들어 하지 않는 사람이 많다. 그런 분들의 손글씨를 고쳐, 글씨 쓰는 즐거움을 선사하고 싶다. 필사 모임을 통해 혼자 하는 필사의 지루함을 덜고 같이하는 즐거움을 느끼게끔 하고 싶다.

때로는 혼자 이런 길을 가는 것 같아 외롭기도 하지만 나에겐 인스타그램과 유튜브가 있고, 응원해주는 수많은 은인들이 있다. 앞으로도 돈을 많이 벌겠다고 요행을 부려 믿어주신 분들을 속이거나 하는 일은 절대 없을 거라고 장담한다.

항상 정직을 최우선으로 생각하며 운영하고 있다. 유튜브 애드센스 광고도 하지 않는다. 기업 광고도 물론. 만약 알아주시는 분들이 지금보다 훨씬 많아져서 규모가 커지고 흑자가 난다면 아내와 함께(아직 미혼이다) 지하에 LP 감상실 겸 카페 겸 서점 겸 문구점 겸 모임 공간을 열어서 함께 운영하고 싶다. 무라카미 하루키가 일찍 결혼해서 아내와 재즈바를 운영했던 것처럼. 나도 그런 로망이 있다.

다 쓴 노트를
왜 버릴까?

노트를 다 쓰고 별 생각 없이 버렸던 경험이 다들 있을 거라고 확신한다. 어쩌면 그 노트들도 큰 생각 없이 샀을 테고. 목적은 학교 수업 필기를 하는 데 쓰기 위해서였을 거다. 혹은 노트 앞쪽에 일기가 사흘치만 쓰여 있거나. 우리가 이사할 때 책은 챙겨도 노트는 버리는 이유가 뭘까?

여러 이유가 있겠지만 첫째, 아마도 마음에 드는 노트가 아니었기 때문일 확률이 높다. 디자인부터 판형, 제본 방식, 내지 디자인까지 하나하나 다 마음에 들어 산 노트라면 챙기지 않았을까? 둘째, 내용이 별로라서다. 수업 노트 필기는 때가 지나면 필요가 없어진다. 앞쪽에 며칠 일

그렇게 살면
인생이 재미없지 않나요?

기를 끄적인 건 나름 가치가 있지만 다시 쓸 생각에 아찔해져서 결국 버리게 된다. 사업하는 동안 수기로 쓴 장부를 버리겠는가? (물론 증거 인멸을 위해 불태울 수도 있다.)

그러니 시간이 지나도 가치 있다고 생각되는 내용을 적어보자. 일기가 될 수도 있고, 좋아하는 작가의 책을 베껴 쓸 수도 있다. 업무 인사이트를 모은 기록이 될 수도 있고, 다이어리처럼 사용할 수도 있다. 쓰는 방법은 다 다르지만 가치 있는 걸 쓴다는 점은 모두가 같다.

나 같은 경우 주로 좋아하는 작가의 작품을 베껴 쓴다. 처음 필사한 건 김훈 작가님의 『흑산』이라는 작품이었다. 나는 가톨릭 신자인데 『흑산』은 조선 후기 신유박해를 모티브로 한 소설이다. 지금은 영어 성경, 한글 성경, 『돈키호테』를 필사하고 있다. 이 세 책들은 상당한 분량이라 대장정을 각오하고 있다. 하루 종일 필사를 하고 싶지만 그럴 수 없어서 매일 노트 기준 한 페이지를 필사한다. 한때 무리해서 많이 써봤는데 재미는 있지만 금세 질렸다. 매일 조금씩, 꾸준히 하는 게 뭘 해도 가장 좋은 것 같다.

이사할 때 책은 챙겨도(요샌 중고 서점이 잘돼 있어서 팔

잉크 리필 :
15ml : 7,400원
30ml : 13,900원
노트 다 쓴 뒤 재구매
: 3,000원 할인
(연필노트 -1,000/세트라거나 양장
-10,000)

려나?) 노트는 많이 버리는데 좀 안타깝다. 책의 내용은 기성품이고 노트의 내용은 수제인데……. 중요한 내용이 담긴 노트는 그 사람만의 보물이 된다. 따라서 공장형으로 찍어내는 책과는 다르다. (물론 고서라든지 저자 친필 사인본 등 특수한 경우 제외. 그런 책들은 못 참지.)

많은 분들이 마음에 드는 노트를 찾는 여정을 떠나 인생 노트에 정착했으면 좋겠다. 더불어 즐겁게 글씨를 쓰는 맛도 느꼈으면 좋겠고. 이 맛을 모를 땐 우선 대형 문구점에 가보는 게 제일이다. (작은 문구점 사장님껜 죄송하지만, 셀프로 죄송해야 하는 건가?)

이처럼 하루에 버려지는 노트와 펜이 얼마나 될까? 잃어버리는 것까지 치면 엄청난 양일 거라고 생각한다. 다들 지구를 지키자고 난리(?)다. 제로 웨이스트 숍에 용기를 들고 가서 리필해 오기도 한다. 하지만 펜을 자주 잃어버리거나 노트를 다 쓰지 않고 버리는 덴 무덤덤하다.

지구를 지키자고 마음 먹었다면 내 주변에 있는 물건들부터 사랑해주자. 펜은 잃어버리지 않게 항상 필통에 넣고 다니자. 펜을 다 썼다면 리필을 사서 끼우자. 노트에 마음이 가지 않는다면 가격이 좀 있어도 디자인이 취향인 노트를 찾아 구매해보자. 좋은 건 아까워서라도 끝까지 쓰게 되기 마련이다.

볼펜도 좋지만 아마 만년필이 환경에는 더 좋지 않을까 싶다. 액체인 잉크만 있으면 오랫동안 쓸 수 있어 경제적이기도 하고, 잉크가 금방 닳아 리필이든 펜이든 교체해야 하는 볼펜보다는 낫지 않나 싶다.

동백문구점이
가장 조심하는 한 가지

나에겐 잡스 병이 있다. 하나부터 열까지 내 손을 거쳐야 마음이 놓인다. 주변에서는 단순 노동인 택배 포장이나 잉크 제작 같은 일은 직원을 쓰라고 한다. 물론 효율성 측면에선 그게 맞다고 생각한다. 그 시간에 콘텐츠 제작 등 생산적인 다른 일을 하면 되니까. 하지만 어떡하나, 직접 하지 않으면 성에 차지 않는 것을.

하다못해 잉크병에 스티커 붙이는 일도 다른 사람을 쓸 수가 없다. 내 생각을 정확하게 다른 사람에게 전달하는 건 불가능하다고 생각하기 때문이다. 아무리 이 위치에 붙여달라고 해도 분명히 어긋난다. 내가 붙인 것과 다른 사

181

람이 붙인 것은 나란히 놓았을 때 더욱 티가 나는 법이다. 내가 일하고 책임도 내가 지는 편이 좋다. 누군가에게 맡기면 괜히 불안해지기 때문에 앞으로도 제품 관련해서는 전부 내 손을 거칠 예정이다.

문구점에 붙어 있는 사진이나 엽서, 문구점 로고, 로고의 동백 그림, 노트 디자인 등을 직접 했냐는 질문을 많이 받는다. 내 손을 거치지 않았다면 도저히 여러분께 소개할 수 없다. 다소 괴짜라고 생각할 수도 있겠지만 일에 관해서는 사람을 믿지 않는 편이다. 몸이 여러 개면 좋겠다는 생각을 자주 한다. 그럼 진짜 많은 일을 할 수 있을 텐데⋯⋯.

언젠가 누군가를 고용할 정도로 흑자가 많이 난다면 필사 모임 멤버 관리 및 공간을 운영하는 분을 고용하고 싶다. 제품은 타협할 수 없다. 디자인부터 마지막 생산까지 하나하나 전부 다. 백 가지 일 중 아흔아홉 가지를 잘해도 한 가지에서 실수하면 잘못한 한 가지로 평가를 받기 때문이다.

이런 마인드로는 돈을 벌 수 없다는 조언을 주위에서 많이 하지만 돈을 크게 벌지 못해도 이런 삶이 즐겁다. 결론

그렇게 살면
인생이 재미없지 않나요?

적으로 하고 싶은 말은 백 가지 중 백 가지를 완벽하게 해야 한다는 것이다. 잘못한 한 가지로 모든 것을 평가받으면 억울하지 않나. 그렇게 오늘도 시간을 비효율적(?)으로 쓴다. 끙차, 일어나자. 잉크 만들러 가야지.

가게가 작아서
오히려 좋아요

정신 승리를 좀 해보겠다. 나는 내 문구점이 작아서 오히
려 좋더라. 처음에는 이런 작은 데서 뭘 하나 싶었는데 지
낼수록 좋다. 우선 청소가 굉장히 편하다. 청소기 몇 번 슥
삭 밀고 물걸레질 해주면 금세 끝! 십오 분 정도면 구석구
석 다 청소할 수 있다. 또, 인테리어 비용이 적게 들었다.
페인트나 타일은 평수만큼 비용이 발생한다고 알고 있다.
하지만 작고 소중한 내 문구점은 아주 저렴했다. 가구도
많이 들이지 않았지만 꽉 차버려서 돈을 많이 아꼈다. (웃
어야 할지, 울어야 할지.) 굉장히 저렴하게 오픈할 준비를 마
쳤다.

그렇게 살면
인생이 재미없지 않나요?

작지만 손님이 글씨를 써볼 공간은 있어야 한다고 생각했기에 창가 쪽에 세 명이 앉을 수 있는 긴 바 테이블을 놓을까 고민했다. 하지만 문구점 전체 분위기와도 맞지 않을 것 같고 느긋하게 쓰지 못하고 불편하게 시필 정도로 마칠 것 같아 두지 않았다. 대신 널찍한 일인석을 놓았다. 누구의 방해도 받지 않고 편안하게 마음껏 쓰도록 말이다. 물론 이런 좌석이 한 여섯 개만 더 있으면 좋겠지만 그건 지금 내 자금 사정으로 불가능하다.

정직하게 좋은 물건을 제작하고 선별한다는 취지가 많이 알려져서 문구점 수익이 발생한다면 대부분의 이익을 저축할 것이다. 집을 사기보단 문구점을 좀 더 큰 곳으로 옮기고 싶다. 지하 공간 삼십 평 정도에 환기 시설을 갖추고 '다크 아카데미아' 스타일로 인테리어를 할 거다. 고대의 도서관이랄까?

간판은 없다. 아는 사람만 올 수 있다. 비밀의 장소 같은 곳이다. 인스타그램에 기존엔 없었던 색다른 공간이 있다는 소문이 난다. 사람들이 찾아오지만 입구가 어딘지 찾지 못하고 주변에서 헤맨다. 우여곡절 끝에 공간에 들어오자

밝았던 바깥과는 완전히 다른 세상이 펼쳐진다. 마치 영화 세트장 같다. 전체적으로 어둑어둑한 분위기.

카운터로 보이는 곳 쪽에 대형 샹들리에가 존재감을 과시하고 있다. 사방에는 고재(빈티지 우드)로 만든 책장이 가득하다. 딱 봐도 나이가 이백 살은 돼 보인다. 그 책장에는 문구점 주인장이 제작한 예쁘고 품질 좋은 노트들이 차곡차곡 꽂혀 있다. 책 같기도 한 디자인이라 그런지 말하지 않으면 노트인지도 모를 것 같다. 실제로 어떤 손님들은 책인 줄 알고 집었다가 노트라서 놀란다. 노트가 있는 반대편 책장에는 각종 책들이 꽂혀 있다. 책에는 전부 가죽 커버가 씌워져 있다. 인테리어의 전체적인 분위기를 해치지 않으려는 주인장의 노력이 느껴진다.

마지막 면의 책장에는 각종 잡지가 가득하다. 문구에 관한 잡지, 브랜드에 관한 잡지, 각종 독립출판 잡지들까지. 각각 개성 넘치는 잡지들이 고재로 만들어진 책장에서 하나가 된다. 가운데 널찍한 공간에는 클래식한 황동 펜던트 등이 여러 개 있다. 그 아래엔 천 년 된 나무로 만든 우드슬랩 책상이 두 개 평행하게 놓여 있다. 책을 읽거나 글씨를 쓰기 좋다.

LP로 재즈가 잔잔하게 흘러나오고 주문을 할 경우 맛있는 핸드 드립 커피가 준비된다. 커피 향이 지하를 향긋하게 가득 채운다. 곳곳에는 촛불이 존재감을 과시하며 주변을 비춘다. (물론 화재 위험 때문에 LED 촛불 조명이다.) 적재적소에 놓인 촛불이 분위기를 배가시킨다. 멋진 분위기에 향긋한 커피 향까지.

도저히 나가기 싫어진다. 천천히 노트를 구경한다. 마음에 드는 노트가 있어 펼치니 방문자들의 방명록이 곳곳에 쓰여 있다. 마음에 드는 노트를 구매하려고 몇 권 들고 다른 책장으로 옮겨간다. 가죽으로 된 커버를 들춰야만 어떤 책인지 알 수 있다. 앗, 그런데 이곳에는 규칙이 있다. 인당 총 세 번까지만 책을 꺼내서 확인할 수 있단다. 세 번 안에 마음에 드는 책이 나오지 않을 경우 그냥 다시 꽂아놓아야 한다.

주인장에게 왜 이런 시스템을 해놨는지 물어봤다. 평소에 내가 싫어하던 장르의 책이어도 이렇게 해놓으면 잡은 김에 읽지 않을까 싶어서 그랬다고 한다. 실제로 세 번까지 꺼내보고 마음에 드는 책이 없을 경우 많은 사람이 싫어하는 장르여도 참고 읽어본다고 한다. 주인장의 통찰력에 감명을 받는다. 갑자기 이곳이 더 사랑스럽게 느껴진다.

마지막은 잡지가 있는 책장이다. 내가 좋아하는 브랜드를 소개한 잡지 한 권을 꺼낸다. 내 손에는 총 노트 두 권과 가죽 커버로 덮여 있는 책 한 권, 내가 좋아하는 브랜드를 소개한 잡지 한 권이 들려 있다. 널찍한 우드슬랩 책상으로 가 앉는다. 아니 의자가 이렇게 편하다니? 그대로 잠에 빠질 것 같다. 책상에 노트, 책, 잡지를 놓고 섯다 패를 까는 것처럼 살살 가죽 커버를 열어 본다. 이런! 하필 자연과학 책이라니. 리처드 도킨스의 『이기적 유전자』다.

여기서 갈등한다. 좀 이기적이긴 하지만 갖다 놓고 다른 책을 꺼내올까, 참고 읽어볼까. 출판사를 확인한다. 내가 좋아하는 출판사다. 참고 읽어보기로 한다. 여기서 나왔던 책은 다 만족스러웠기 때문이다……. 나는 깜짝 놀라 잠에서 깬다. 책날개에 있는 저자 소개를 보다가 잠이 든 모양이다. 그럼 그렇지. 가죽 커버로 잘 싸여진 책을 덮는다. 책상마다 노트가 세 권씩 있다. 방명록 겸 테스트용 노트인가 보다. 열심히 방명록을 쓴다. '사장님 정말 멋있어요. 분위기도 좋고 커피도 맛있고. 다음에 또 와야지.'

물론 책을 읽다 잠들었다는 건 쓰지 않는다. 내가 잠든 이유는 책이 지루해서가 아니라 이곳의 커피 향과 분위기에 취했기 때문이다. 손목 시계를 본다. 벌써 세 시간이 지나 있었다. 최소 두 시간은 잤나 보다. 주문한 커피를 마셨더니 엄청 밍밍했다. 시간과 함께 얼음도 녹아 있었다. 인생의 덧없음과 유한함을 느낀다. 자연히 철학적 사유를 하게 되는 공간이구나.

계산할 노트를 가지고 카운터로 간다. 새로 산 노트에 일기 쓸 생각에 신이 난다. 공간을 나서는 순간 눈이 부셨다. 바깥은 아직도 환해 눈이 적응하는 데 시간이 좀 걸렸다. 마치 꿈을 꾼 것 같은 몽롱한 기분이다. 다음에는 가서 만년필과 잉크도 사야지……. 라고 소설(?)을 쓴다. 상상은 자유고 돈이 들지 않기 때문에. 언젠가 나의 로망인 이런 장소를 꼭 만들고 싶다.

4부

어때요,

이렇게

살아가는 삶?

어떤 일
하세요?

우리나라 사람들은 처음 만나는 사이에도 어떤 일을 하는지 많이들 물어본다. 사실 나도 누군가를 만나면 복장이나 말투 등으로 유추해보긴 하지만 하는 일이 정확히 뭔지 궁금해한다. 알고 나면 그 이미지로 고착된다는 단점도 있지만. 문구점을 열기 전에는 나를 뭐라고 표현해야 할지 애매했다.

운이 좋게도 다양한 분야의 다양한 사람들을 만날 기회가 많았는데 그때마다 직업을 이야기하기가 어려웠다. 온오프라인에서 손글씨 강의를 한다고 하면 캘리그래피냐고 물어봤고 '아니 그게 아니라……'부터 시작해서 설명

을 이어갔지만 그래도 이해하지 못하는 분들도 많았다.

　결국 핸드폰으로 인스타그램을 켜고 그간 올렸던 콘텐츠들을 보여주곤 했다. 하지만 시각적으로 보여드려도 결국 돌아오는 답은 '그래서 이게 뭐라는 거예요? 캘리그래피 아닌가요?'부터 '아, 이거 누구나 이렇게 쓸 수 있지'하며 깔보는 경우도 있었다. 그럼 글씨 한 수 배울 테니 보여달라고 하면 왕년에는 잘 썼는데 지금은 안 쓰다 보니 못 쓴다나. 그래도 어르신들과 만날 때는 취업 준비생이라

어때요,
이렇게 살아가는 삶?

고 말씀드리고 또래들과 만날 때는 인스타그램만 보여주면 이해하기 때문에 딱히 어려운 점은 없었다.

문구점을 열고 나서 작은 문구점을 운영한다고 하니 이번엔 남녀노소에게 설명하기 어려워졌다. 알파문구 같은 이름 있는 문구점이었으면 그냥 설명하면 되는데 나만의 브랜드를 하다 보니, 또 그 브랜드 자체가 일반적으로 이해하기 어려운 형태다 보니, 아이러니하게도 문구점을 열고 나서 오히려 더 어려워졌다. '그냥 작은 문구점 운영해요'로는 안 통하더라. 이름은 뭔지, 어떤 제품을 파는지, 왜 시작했는지 등등을 물어보는데 다들 이해시키기 쉽지 않은 주제들이다. 이런저런 문구를 제작하고 판매한다고 하면 '그런 게 돈이 되냐?'고 직접적으로 묻기도 한다.

하긴 나 같아도 나 같은 사람이 있으면 좀 자세하게 물어보고 싶긴 하겠다. 그래도 자신을 너무 오픈하는 걸 좋아하지 않는다. 그냥 적당히 얼버무리고 말지. '마치 회사 다녀요' 한마디로 해결되는 회사원처럼.

"예, 저는 초등학교 앞에서 작은 문구점을 운영해요. 제가 기획하고 디자인한 노트들과 만년필에 넣는 잉크를 제조해 판매하고 있어요. 제가 직접 쓴 책들도 판매하고요. 만년필이나 연필 등은 직접 만들 수 있는 규모가 아니라 사입해서 판매하고 있답니다. 전체적으로 물건 가짓수는 적지만 직접 써보고 엄선한 제품들만 들여놓았어요. 믿고 살 수 있는 문구점을 모토로 하루하루 해나가고 있습니다. 조금씩 이런 취지를 알아주시는 분들이 늘고 마니아층이 생기고 있다는 게 느껴져요. 어떻게든 정직하게 오래 운영하겠다는 마음을 가지고 있어요. 신뢰를 잃는 순간 끝이라고 생각하거든요. 불가항력은 어쩔 수 없지만 제 손으로 컨트롤할 수 있는 건 최고만 드리려고 하고 있어요. 사실 여기까지 들어도 감이 안 잡히시죠? 그럼 그냥 방문해주세요. 주소는 동교 초등학교 앞, 망원동 422-1 치시면 돼요."

어때요,
이렇게 살아가는 삶?

인생 책은
몇 권이나 될까?

인생 책이 몇 권인지 세는 사람은 아마 없을 거다. 불가능하다고도 생각한다. 인생 책은 책을 읽는 삶을 살아간다면 계속 생겨나게 마련이기 때문이다. 지금 당장 나의 인생 책이라고 할 건 뭐가 있나 생각해보니 현재 필사하고 있는 책들이 우선 떠오른다. 성경과 『돈키호테』.

　이외에 인생 책이라고 생각한 것들은 필사를 완료한 책들을 적어보면 될 것 같다. 전체를 필사하는 데 상당한 시간이 소요되기 때문에 웬만큼 마음에 들지 않고서는 시작하지도 않기 때문이다. 우선 가장 처음 한 김훈 작가님의 『흑산』이 있겠다. 다음에는 김훈 작가님의 세계에 빠져서

『칼의 노래』와 『남한산성』, 『자전거 여행』을 필사했다. 다음엔 최인훈 작가님의 『광장』과 『소설가 구보씨의 일일』도 필사했군. 정비석 작가님의 『삼국지』와 『손자병법』, 사마천의 『사기 본기』도 필사했다. (『세가』와 『열전』도 언젠가는…….)

이미 필사한 책 외에도 인생 책을 나열해보자면, 셰익스피어의 『맥베스』와 『리어왕』, 토마스 만의 『마의 산』, 다이허우잉의 『시인의 죽음』, 어니스트 헤밍웨이의 『노인과 바다』, 레이먼드 카버의 『대성당』, 서머싯 몸의 『달과 6펜스』, 찰스 디킨스의 『위대한 유산』, 채사장의 『지대넓얕』, 한동일의 『라틴어 수업』, 유발 하라리의 『사피엔스』, 유현준 교수님의 책들, 요나손의 소설들, 김연수의 『소설가의 일』, 브랜드B의 잡스 에디터 편과 소설가 편, 크로닌의 『천국의 열쇠』, 기생충 각본집과 스토리보드집, 『스티브 잡스』, 매거진B 츠타야 편, 오가와 이토의 『츠바키 문구점』, 펜크래프트의 『나도 손글씨 바르게 쓰면 소원이 없겠네』와 핸디 워크북과 『여전히 연필을 씁니다』와 『우리가 처음 시를 쓴다면 그건 분명 윤동주일 거야』…… 더 하

자면 많은데 지면상 이만 줄여야겠다.

여러분도 인생 책이 있다면 처음부터 끝까지 다 써보는 경험을 살면서 꼭 한 번은 해봤으면 좋겠다. 우선순위를 정해서 가장 좋아하는 책부터 필사하는 동안 얻는 게 엄청 많으리라고 확신한다. 다 알고 있다고 생각했던 그 책의 새로운 면모까지 보게 될 것이다. 뿌듯함은 덤. 한 번 다 쓰는 경험을 하고 나면 다른 사람이 된 듯한 착각(?)도 느껴진다. 약간은 업그레이드된 느낌이랄까?

만년필로 필사해보는 것도 추천한다. 생소한 펜으로 쓰면 색다른 기분에 글씨 쓸 맛이 난다. 마치 필사를 처음 시도하는 것처럼. 타자를 쳐서 필사하는 사람도 있는데 그다지 추천하고 싶지는 않다. 내 글씨가 어떻든 육필로 남기는 기록과 누가 써도 똑같은 타자로 남기는 건 천지 차이기 때문이다. 필사하기 좋은 노트와 만년필, 그리고 잉크는 어디서 사면 되냐고 묻는다면 그건 바로 네이버에 동백문ㄱ…….

어때요,
이렇게 살아가는 삶?

책 읽다가
재미없으면 어떡해요?

뭘 어떡하나, 그냥 읽다 덮으면 된다. 매년 나오는 신간이 얼마나 많은데. 내 입맛에 맞는 책은 차고 넘친다. 앞으로도 계속해서 나올 테고. 이미 세상에 나와서 독자들이 읽어주길 기다리는 책들도 얼마나 많은가.

독서는 이제 고상한 취미라고 규정하지 않는 게 맞다고 생각한다. 영화관에서 영화를 보는 일과 같은 일종의 취미 영역으로 들어온 것 같다. 예전에야 책과 지식을 동일시했지 지금은 꼭 뭘 얻기 위해서 책을 읽는 시대는 지났다고 생각한다. 그냥 내가 좋아하는 장르의 책을 읽으면 된다고 본다. 혹여나 남들이 에세이는 돈 아깝다고 말해도 내가 즐거우면 된 거 아닌가?

영화도 두 시간에 만 원이 넘는데 책도 그 정도 가격으로 구매해서 두세 시간만 빠져 읽어도 괜찮은 거 아닐까? 영화 티켓 가격은 아깝지 않지만 책 사는 돈은 아까운 사람이라면 그냥 안 읽으면 된다고 생각한다. 읽으면 사고가 트이고 통찰력이 생기는 책들도 분명 많다. 하지만 그런 책들은 대부분 어렵다. 물론 흥미가 있다면 좋겠지만 그걸 우리 대다수가 꼭 읽을 필요는 없다고 생각한다.

지적 허영심으로 어려운 책을 읽는 것도 좋다. 하지만 어려운 책을 읽는다고, 혹은 읽었다고 나와 다른 책을 읽는 사람을 폄하하거나 내 스타일을 강요하지는 말자. 책이 우리의 성공을 보장해주지는 않으니까. (성공해본 적 없는 사람의 말…….)

나도 한 달에 책을 다섯 권에서 열 권 정도 읽는데 그냥 좋아하는 장르의 책만 읽는다. 그러면 독서가 부담으로 다가오지 않고 스트레스 해소 창구가 된다.

개인적으로 책 사는 일을 너무 복잡하게 생각하지 않았으면 좋겠다. 특히 이 책을 사는 데는 더욱. 보인다, 집는

어때요,
이렇게 살아가는 삶?

다, 계산한다가 자동적으로 이루어지길 빈다. 그래야 다음
책도 낼 수 있지 않을까?

사고 나서 가장 만족스러운
단 하나의 물건

사고 나서 내가 가장 만족한 물건이 뭘까? 뭔지 맞혀보시라. 답은 바로 디지털 카메라다. 만년필을, 만년필로 쓴 글씨를 좀 더 예쁘게 찍어보고 싶어서 샀다가 동영상도 찍게 되었고 결국 동영상이 내 인생을 바꿨다.

카메라를 사니까 세상이 달라 보였다. 출퇴근 때 항상 지나치던 길, 자주 가던 단골 카페, 지나다니는 사람들 모두가 사진의 소재가 되었다. 처음에는 사진 찍는 일이 너무 어려웠다. 우선 용어부터 생소했기 때문이다. 조리개, 감도, 셔터 스피드 등등. 사실 하나만 알면 딱딱 맞물려 떨어지는 건데 이해하려 하지 않고 무작정 외우려고 했기 때문에 더 어렵다고 느낀 듯하다.

결국 카메라의 조작법도 잘 모르고 조리개의 개념 정도만 숙지한 뒤 무작정 눈에 보이는 대상들을 찍고 다녔다. 웬만한 사진은 전부 조리개를 최대로 개방해 뒷배경을 날렸다. 당시엔 뒷배경만 날아가면 다 감성 사진이고 잘 찍은 사진인 줄 알았다. 아는 건 없었지만 뒷배경 날리는 맛이 좋아 아주 만족하면서 썼던 기억이 난다.

그렇게 막 찍고 다니다가 사진 보정이라는 걸 알게 되었다. 보정한 사진은 뭔가 때깔이 달랐다. 색감도 훨씬 느낌 있고. 내 사진은 보정을 하지 않아서 그런지 어딘가 밋밋했다. 사진 보정이란 존재를 알고 나서 보정 전과 후를 비교해보니 확연히 보정 후가 좋았다. 사진은 보정의 영역이 굉장히 크구나 싶었다.

보정을 알게 되자 색을 보는 눈도 한층 성숙해졌다. 예전엔 립스틱 발색샷 같은 걸 보여주면서 골라달라고 할 때 다 똑같은 거 같아서 항상 세 번째 립스틱 색을 고르곤 했다. (선택지가 두 가지면 우측 제품을 골랐을 것이다. 하지만 두 가지 색만 놓고 의견을 묻는 경우는 아직 보지 못했다.) 하지만

보정을 알고 나서는 각각 미묘한 색상의 차이가 있다는 게 보이더라.

이제는 의도대로 찍을 수 있게 되었다. 주로 좋아하는 음식 사진과 문구 사진 등을 많이 찍고 다녔다. 음식은 개인적으로 색을 너무 틀기보다는 밝기랑 선명도 정도만 수정해주는 게 좋았다. 제품 사진도 마찬가지고. 그러다가 예쁜 골목길 풍경을 우연히 찍었는데 음식 보정하듯 하니 그냥 어디서나 볼 수 있는 골목길 그 이상도 이하도 아니었다. 거기에 나만의 색을 입히니 처음 보는 골목길이 탄생하더라. 정말 '색다른' 경험이었다.

사진을 찍으며 얻은 지식들이 동영상을 공부하는 데 많은 도움이 되었다. 우선 카메라 용어를 알고 있으니 훨씬 수월했다. 구도, 색감, 노출 등도 아주 큰 도움이 되었다. 기존에 쓰던 카메라는 올림푸스의 Pen-F(이름에 Pen이 들어가서 샀다)였는데 영상 성능이 너무 좋지 않아서 영상용 카메라를 따로 준비했다.

카메라를 조금만 다룰 줄 알아도 인생이 다채로워진다. 평범한 일상이지만 카메라를 사용하면 추억을 미화(?)할 수 있다. 오히려 눈으로 보는 세계보다 더 아름답게 표현이 가능하다. 특히 표준 렌즈(50mm) 이상 화각으로 찍으면 내 눈으로 보는 것 이상의 사실감을 보여준다. 그릇이 왜곡돼 찌그러진 타원이 되거나 하지 않는다.

요즘엔 핸드폰 카메라에도 망원 렌즈가 장착된 경우가 많지만 망원 렌즈는 절대적으로 물리적인 크기가 커져야 하기에 핸드폰의 경우 화질이 많이 떨어진다. 핸드폰에 엄청 크고 긴 렌즈를 장착할 수는 없지 않은가? 핸드폰 망원 렌즈의 화질이 떨어진다고 해서 기본 렌즈를 쓰자니 광각이라 어떻게 찍어도 왜곡되어 잘 찍기 어렵다. 하지만 카메라에 표준 화각이라고도 불리는 환산 화각 50mm 렌즈를 맞추고 찍어보면 이야기가 달라진다.

강아지나 고양이도 폰카로 찍었을 땐 '왜 이렇게 사진발이 안 받지?' 싶었다면 카메라를 써보자. 50mm를 이용하면 누구나 좋은 사진을 찍을 수 있다. 이후에 지겹거나 할 땐 렌즈 화각을 다양하게 맞춰가는 걸 추천한다. 물론 동영상은 답답한 느낌이 들지 않도록 일반적으로 광각 렌즈를 많이 사용하는 편이다. 연속적으로 화면을 봐야 하는

데 시야가 좁으면 금세 피로하고 손으로 들고 촬영할 때 화면이 많이 흔들린 것처럼 보이기 때문이다.

물론 이건 어디까지나 나의 경우기 때문에 이것저것 공부하고 사서 써보며 자신만의 화각을 찾아가는 게 가장 좋다. 가장 만족한 물건이 만년필인 줄 예상했던 분들께는 심심한 사과를 드린다. (만년필은 사지 말았어야 했다.)

필사를, 메모를
왜 하나요?

필사를 하면 구사 가능한 어휘가 다양해져 어휘력이 증가하고 이에 따라 문장력이 향상된다. 또 손으로 쓰면 기억에 오래 남고, 천천히 읽게 되니 눈으로 읽었을 때 놓쳤던 부분을 자세히 보게 된다. 따라서 심오한 의미가 담긴 문장을 필사를 하면서 발견하게 되는 경우가 굉장히 많다.

사실 나는 이런 장점들 때문에 필사를 하는 건 아니고 그냥 재밌어서 한다. 노트 한 페이지 한 페이지 채워나가다가 결국 한 권을 다 뗐을 때의 그 뿌듯함, 그 희열. 겪어본 자만이 아는 달콤한 보상이다. 또 글씨를 쓰면서 사각사각 소리를 들으면 기분이 좋아지고 산만했던 마음이 차

어때요,
이렇게 살아가는 삶?

분해진다.

글씨가 교정되는 건 덤이고, 라고 하고 싶지만 역시 그냥 재밌어서 한다. 글씨 쓰는 손맛을 느끼며 무아지경에 빠져 어느새 한 페이지를 쓰고 있곤 한다. 앞서 말한 인생책 이야기 기억하는가? 두고두고 읽고 싶은 책이 있으면 한번 써보시라. 진짜 맛있는 초콜릿은 깨물어 먹지 않고 녹여서 천천히 맛보고 싶은 마음과 같달까.

메모를 하면 쓰는 데 드는 시간이 아깝다고 생각하는 경우도 있다. 하지만 메모를 하지 않으면 머릿속에서 그걸 계속 기억하려고 신경 쓰다가 원래 하려던 일까지 못하게 되는 경우가 많다. 두 마리 토끼를 잡으려고 하면 안 된다. 한 마리를 확실히 잡고 나서 다른 한 마리를 쫓아야지. 그럼 둘 중 하나라도 잡을 수 있다. 손으로 휘갈겨 쓰든 핸드폰이나 컴퓨터에 입력하든 메모는 '잊기 위한' 행위다.

일하던 와중 상사의 새로운 지시가 내려오는 경우나 갑자기 떠오른 중요한 생각, 약속이 있다면? 그럼 그냥 적자. 손글씨가 싫으면 핸드폰이나 컴퓨터 메모장에라도 적어두자. 그러면 적어둔 건 잊어버리고 지금 하던 일에 집중

할 수 있다.

　사람은 멀티태스킹을 할 수 없다고 한다. 나도 한 번에 한 가지 일만 하는 걸 즐기고 그럴 때 성과가 훨씬 좋다. 특히 음악을 들으며 글씨를 쓰거나, 책을 읽거나 하는 일을 못한다. 우리의 뇌는 음악 청취와 작업을 빠른 속도로 왔다갔다 하는 거지 동시에 하는 게 아니기 때문이다. (라고 어느 책에서 말했다.)

　클래식이 집중력에 좋다고 하던데 나는 클래식을 들으며 책을 읽거나 한다는 걸 상상을 할 수가 없다. 무엇을 듣든 그쪽에 신경이 가게 마련이다. 물론 가능하다고 항변하는 사람도 있을 수 있다. 카페에서 공부하고 작업해야 잘 된다는 사람도 있는데 나는 불가능하다. 카페에서 책을 읽는다? 에세이 같은 책은 가능한데 사회과학서, 역사, 철학서, 고전 소설 등은 읽던 곳을 또 읽고 있더라.

　만약 음악과 사람들의 말소리가 들리는 곳에서 작업이 잘 된다면 그리하면 된다. 이건 어디까지나 나의 경우다. 그리고 카페에서 공부나 작업이 잘 된다고 생각하는 사람이라면 조용한 곳에서도 한번 해보길 바란다. 어떤 게 더 집중이 잘 되고 효율이 좋은지 비교해보기를.

물론 가끔 환기를 위해 제3의 공간인 카페에 머무는 건 좋다고 생각한다. 하지만 나는 작가들이 왜 호텔방에 갇힌 채 작업을 이어가는 '셀프 통조림'이 되기를 자처하는지 이해할 수 있을 것 같다. 실제로 나도 집중력이 제일 좋을 때가 호텔에서 암막 커튼을 쳐놓고 외부와 단절된 채로 책을 읽을 때기 때문이다.

악필인 저도
글씨 교정이 가능할까요?

내 손글씨 비포 애프터 변화 과정 콘텐츠를 본 분들은 이런 질문을 하지 않을 테지만 워낙 조회수가 안 나와서 보신 분은 많지 않을 거라고 생각한다. 처음부터 잘 썼을 것 같다는 생각을 하는 분이 많은데 전혀 아니다. 어렸을 땐 툭하면 부모님께 글씨로 잔소리를 들었다. 글씨가 이게 뭐냐고, 어른스럽게 쓰라고.

당시에는 몰랐다. 왜 어른스럽게 써야 하지? 어른스러운 글씨란 무엇이지? 어차피 요새 손글씨도 잘 안 쓰는데 대충 쓰다가 컴퓨터로 넘어가면 될 텐데 왜 자꾸 그러실까? 스트레스가 이만저만이 아니었다. 근데 나도 사실 내

먼 후일

김소월

먼 후일 당신이 찾으시면
그때에 내 말이 "잊었노라"

당신이 속으로 나무라면
"무척 그리다가 잊었노라"

그래도 당신이 나무라면
"믿기지 않아서 잊었노라"

오늘도 어제도 아니 잊고
먼 후일 그때에 "잊었노라"

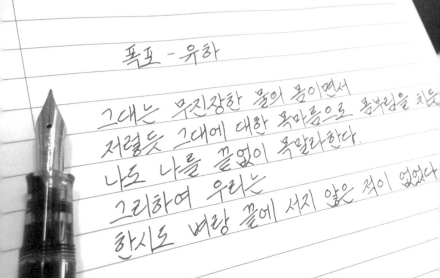

폭포 - 유하

그대는 무진장한 물의 몸이면서
저렇듯 그대에 대한 목마름으로 몸부림을 치는
나도 나를 끝없이 목말라한다.
그리하여 우리는
한시도 벼랑 끝에 서지 않은 적이 없었다

손글씨가 정말 마음에 들지 않았고 객관적으로 봐도 형편 없었다. 어릴 땐 몰랐다. 왜 그렇게 부모님께서 글씨의 중요성을 역설하셨는지. 이제는 뼈저리게 느끼고 있지만 말이다.

　자녀를 키우는 어머니들이 자주 물어보신다. '우리 아이 글씨가 너무 엉망이에요. 어떡하면 좀 단정하게 쓸 수 있게 할까요?' 나는 항상 대답한다. '어머니 먼저 아이 앞에서 글씨 쓰는 걸 자주 보여주세요.' 또 어머니 글씨는 어떤지 여쭤본다. 어머니께서 아이가 써주었으면 하는 글씨를 쓴다면 아이도 따라 할 거라고.

아이들은 부모님의 영향을 크게 받는다고 한다. 부모님이 먼저 단정하고 깔끔한 글씨를 쓰며 틈 날 때마다 무언가를 적는 모습을 보여준다면 아이는 그게 궁금해 참지 못하고 기웃거릴 것이다. 그러다가 글씨를 써보게 되고 부모님의 글씨와 비교해보면서 현 상황을 깨달을 것이다. 비교 대상 없이 그냥 글씨 좀 잘 써보라고 하는 건 망망대해를 뗏목 하나에 의지해 표류하라는 것과 같다. 아이에게 아무리 글씨를 잘 쓰라고 이야기한들 듣지도 않을 것이다.

인상 깊었던 사례가 있었다. 내가 밤마다 한자 쓰는 라이브 방송을 할 때다. 어린아이들은 왜인지 모르겠지만 한자를 좋아하더라. 내가 한자를 쓰는 방송을 보던 몇몇 어머니께서 아이가 옆에 와 함께 보면서 관심을 보인다고 하셨다. 결국 그 아이들은 내 방송의 단골 시청자가 되었고 알아서 부모님께 글씨 연습을 어떻게 하는지 알려달라고 했단다. 어머니들의 고민을 한시름 덜어드린 것 같아 기분이 좋았다. 뿌듯한 감정은 나를 움직이게 하는 원동력이다.

어때요,
이렇게 살아가는 삶?

아이들을 위한 책을 준비하면서 나름대로 파악해본 현재 글씨 교육의 문제는 네모 칸에 가득 채우는 게 아니라 네모 칸에 상당량의 공간을 남기고 쓰도록 한다는 데 있지 않나 싶다. 그렇게만 연습하다가 어느 순간 줄에 써야 될 때 아이들은 그 공간을 메워 자간을 붙일 생각을 하지 못한다. 그동안 하던 대로 네모 칸을 옆으로 나열하게 되고 그러다 보면 글씨는 파도치고 자간은 널찍해진다. 아이들의 세계에선 글씨란 네모 칸 안에 사방 여유 공간을 남겨서 쓰는 것이기 때문이다. 정렬된 글씨로 쓰게 하려면 네모 칸 모듈을 가득 채운 글씨를 개발해야겠다 싶었다. 아이들이 직관적으로 따라하기도 쉽게.

한글은 공간이 많이 비는 관계로 글씨 교육하기가 쉽지는 않겠지만 열심히 해봐야지. 생각해보면 어릴 때 글씨를 깔끔하고 단정하게 썼다면 공부를 더 열심히 하지 않았을까 싶다. 글씨가 마음에 들면 자연히 자꾸 쓰고 싶을 테니까. 나는 내 글씨가 싫어 필기도 잘 하지 않던 아이였다.

특히 글씨를 교정하려면 처음부터 새로 배운다고 생각하는 게 마음 편하다. 고집스럽게 '내 글씨를 그대로 둔 채

로 더 나은 방향으로 고칠 거야'라는 생각은 어느 정도 글씨를 균형 있게 쓰는 사람에게나 적용된다. 정말 내가 천하의 악필이라면 자존심 다 내려놓고 ㄱ, ㄴ, ㄷ부터 다시 쓰자. 인생은 길고 남은 생을 계속 악필로 살 것인지 한두 달 투자해서 서체를 바꿔볼 것인지는 전적으로 본인의 결심에 달렸다.

필압이 너무 센데
힘을 빼는 방법이 있을까요?

볼펜이 발명된 지 얼마 되지 않았다. 채 백 년도 안 됐다. 의외라고 생각하는 분들이 많을 거다. 그만큼 우리는 현대 볼펜 사회에 사니까. 볼펜을 이용해 글씨를 쓰기 위해서는 볼을 굴릴 필요가 있다. 종이에 갖다 대기만 해도 나오던 만년필과는 달리 힘을 주어 촉 끝에 달린 볼을 굴려야 했다. 이때부터 사람들은 무의식 중에 필압을 강하게 주기 시작했다. 그렇게 볼펜에 길들여진 우리는 필압이 너무 세졌다.

손글씨를 안 쓰게 되는 이유가 뭐냐고 물어보면 가장 큰 비중을 차지하는 건 글씨가 마음에 들지 않아서고, 두

어때요,
이렇게 살아가는 삶?

번째로 큰 비중을 차지하는 건 글씨를 조금만 써도 손이 아프기 때문이라고 한다. (출처: 펜크래프트 인스타그램 스토리 투표)

나는 두 번째 이유를 이해할 수 없었는데 오프라인 수업을 하며 수강생들이 펜을 잡는 모습을 유심히 본 결과 손(가락)이 아플 수밖에 없는 구조로 잡고 있는 분들이 많았다. 고집 부리지 않고 알려드린 대로 잡아보면 아주 쉽게 해결되었다. 오백 명 이상을 오프라인에서 만나 가르치며 쌓은 데이터다.

사실 이것보다 더 쉽게, 인간의 본능으로 해결할 수 있는 방법이 있다. 인간은 손실을 회피하는 성향이 기본적으로 탑재돼 있다. 우선 집과 가장 가까운 몽블랑 매장에 찾아간다. 직원분께 몽블랑149 F닙으로 하나 달라고 한다. 백이십 만 원 정도 할 거다.

기쁜 마음으로 언박싱하고 인증샷도 찍어 인스타에 올린다. 잉크를 충전하고 신나게 쓴다. 어느 순간 잉크가 잘 안 나온다. 힘을 조금 더 주니까 잉크가 나오기 시작한다. 계속 이런 식으로 글씨를 쓴다. 비싼 몽블랑 만년필을 쥐니 괜히 글씨도 더 잘 써지는 느낌이다. 남들이 몽블랑 쓰는 나를 보면 얼마나 멋있다고 생각할지 짜릿하다. 몽블랑을 보여주기 위해 더 잘 쓰려는 노력을 하게 된다. (부끄럽지만 내 이야기.)

잘 쓰고 있던 와중에 어느 순간 잉크가 나오질 않는다. 잉크가 다 떨어졌나 보다 해서 잉크를 넣으려는데 아뿔싸, 잉크는 상당히 많이 남아 있었고 내 손과 옷에 잉크가 가득 튀었다. 뭔가 이상해서 구매했던 몽블랑 매장으로 간다. 보증서가 있어야 한다고 한다. 헛걸음해서 아쉽지만 어쩔 수 없으니 다음 날 보증서를 가지고 다시 간다. 고작 하루 동안 못 썼을 뿐인데 사무치게 그립다. 몽블랑149와 함께한 모든 일상이 주마등처럼 스친다.

직원이 펜을 쥐고 슥슥 그어보더니 의미심장한 표정을 짓는다. "저도 왜 이런지 확답은 못 드릴 것 같습니다. 본사 AS 센터에 신청해 원인을 알아보겠습니다." 별일 아니겠지 싶어 알겠다고 한다. '그래 신규 직원인 거 같으니 잘 모를 수도 있지'라고 생각하며 집으로 향한다. 몽블랑149가 보고 싶어 사무친다. 기존에 쓰던 제트스트림은 더 이상 눈에 차지도 않는다. 몽블랑149와 함께한 일상에서 손 글씨 쓰는 재미는 가히 최고였다.

일주일 뒤 모르는 번호로 연락이 왔다. 받을까 말까 하다가 그냥 받기로 한다. 몽블랑 만년필을 맡겼던 바로 그 백화점 매장이다. 전화를 건 직원이 말을 꺼낸다. 실은 이게 필압을 너무 많이 줘서 촉이 손상된 거라고 한다. 그럼 어떻게 해야 하냐고 물었더니 수리해줄 수 있다고 한다. 직원이 단서를 단다. "수리 비용은 삼십이만 팔천 원입니다. 결제는 어떻게 하시겠어요?"

아니 이게 무슨 소린가? 불과 이 주 전에 백이십 만 원이나 주고 산 펜이 벌써 고장나다니. 고장나서 삼십삼만 원을 수리비로 내게 생기다니. 하지만 블랑이와 함께한 순간을 잊을 수 없다. 눈물이 두 뺨을 타고 흐르다가 먹던 국에도 떨어진다. '오늘 국은 간이 과하네.' 이건 절대 돈이 아까워서가 아니다. 블랑이가 얼마나 아팠을까 생각하니 미안함에 나오는 눈물이다.

결국 수리를 마치고 퇴원한 블랑이와 재회했다. 처음 만났을 때의 그 느낌, 그 설렘 그대로였다. 이제 다신 눈물

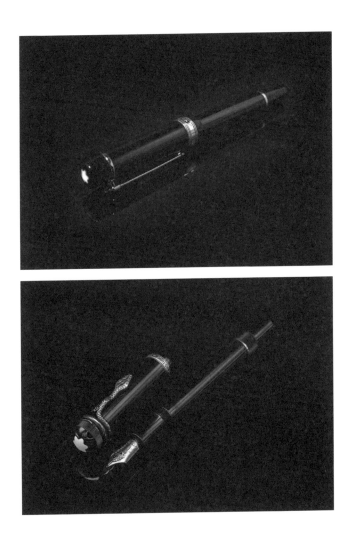

을 흘리지 않겠다고 다짐하며 유튜브에 만년필 필압이라고 검색한다. 펜크래프트라는 채널에서 상세하게 설명해주고 있었다. 영상을 본 다음부턴 펜을 쓸 때 힘이 저절로 빠진다. (영상을 봤기 때문인지 수리비가 아까워서인지는 본인만 알 수 있다.)

큰 깨달음을 얻고 여섯 봉에 삼천백 원인 진라면을 잔뜩 구매한다. 마찬가지로 돈이 없어서 라면만 먹는 게 아니고 블랑이에게 미안한 주인으로서 사죄하는 마음에 스스로 고행을 하는 거다. 앞으로도 행복하자 우리, 사랑해 몽블랑149.

출퇴근 지하철
이동 시간도 아까워서

작년 4월, 고양시로 이사 오고 나서 출퇴근 시간이 왕복 도보 삼십 분에서 대중교통 두 시간으로 늘었다. 지하철역과 집이 도보로 십오 분 거리 정도라 꽤 멀다. 가게도 역에서 도보로 십오 분가량 걸어야 한다. 그래서 하루 총 한 시간의 걷는 시간을 확보할 수 있다는 점은 좋다. 하지만 덥거나 추울 때, 궂은 날씨일 때는 고역이다. 운전도 할 줄 모르고 차 살 돈도 없어서 버스나 지하철을 타고 다닌다. (지구도 지키고.)

경기도 730번 버스를 타면 문구점이 있는 망원동까지 한번에 가는데 문제는 배차가 제멋대로라는 거다. 어떤 날

은 삼십 분에 한 대씩 오다가 어떤 날은 하루 내내 다섯 대만 운행하거나 그런다. 좀 덜 걸으려다가 스트레스만 받아서 그냥 지하철을 타고 다닌다.

지하철은 버스에 비하면 승차감이 좋다. 주변 소음도 있고 전차 자체 소음도 커서 책 읽기 최적이라고 하긴 조금 그렇지만. 두 시간 중 도보가 사오십 분 정도 걸리니까 한 시간 이상은 꼼짝없이 지하철에 있다는 거다. 매일 한 시간이 모이면 정말 많은 책들을 읽어낼 수 있다.

개인적으로 어려운 책이나 깊이 있는 책은 대중교통에서 집중하기 어렵다고 생각한다. 주로 수필이나 재밌는 소설 위주로 보는 편이다. 혹은 실용서 등도 필요한 부분만 집중하면 되기 때문에 대중교통에서 읽기 좋다. 이렇게 시작해서 지하철에서 몰입이 가능해지면 점점 더 어려운 책을 읽으면 된다. 특히 처음 읽을 땐 가벼운 에세이류를 보면 적응하기 좋다. 앞서 말한 인생 책 대부분을 지하철에서 읽었다. (개인적으로 『어쩌다, 문구점 아저씨』를 추천한다.)

요샌 대부분 지하철에서 스마트폰을 보고 있다. 진정한 힙스터라면 남들이 하지 않는 걸 해줘야 한다. 따라서 나는 유선 이어폰(강조)을 낀 채로 책을 읽는다. 마치 이천 년대 초반으로 돌아간 듯이. 물론 이어폰은 끼고 있지만 음악은 켜지 않는다. 그냥 귀마개의 역할을 할 뿐이다. 덜컹덜컹, 지하철은 나를 태우고 목적지를 향해 간다. 일이 바빠 책 읽을 시간이 없을지라도 하루 한 시간은 꼭 읽을 수 있는 시간이 생겨서 좋다. 입에 가시가 돋을 일은 없겠지.

잘 안 되면
마음이 편해요

인스타그램이나 유튜브가 잘될 때가 있다. 속된 말로 '떡상'이라고 하는데 역설적으로 그럴 때 엄청 불안하다. 쉽게 얻은 돈은 쉽게 나가듯 쉽게 얻은 구독자는 쉽게 사라질 것 같다. 잘된 게시물을 보고 구독한 구독자분들의 기대치도 엄청 높아졌을 거고. 하지만 나는 어제와 오늘이 거의 비슷한 사람이다. 하루 사이에 획기적으로 변하는 사람이 얼마나 있을까? 나는 제자리인데 구독자분들의 기대치는 저 먼 하늘에 있다. 불안하고 부담스럽다.

반면 잘 안 되는 경우 게시물 조회수가 상당히 줄어든다. 노출이 안 되니 기존 구독자와 팔로워분들이 떠나간

자리에 새로운 분들이 거의 들어오지 않는다. 구독자와 팔로워 수가 계속 떨어지고 그럴수록 게시물 노출은 더 안 된다. 악순환의 반복이다. 처음엔 이런 현상에 굉장히 스트레스를 받았다. 내가 하고 있는 게 맞는 길인 걸까 회의감도 들고. 글귀도 바꿔보고 이전에 인기 있던 영상과 비슷하게 만들어도 봤지만 별 노력을 다해도 안 될 때는 안 되더라. 알고리즘의 파도가 이미 지나갔다면 뭘 해도 그대로였다.

결국 잘되는 걸 포기하게 된다. 포기하면 편하다는 말도 있지 않은가. 내려놓으니 더 내려갈 곳이 있을까 싶어 마음이 편해진다.

인생의 축소판은 SNS라고 생각한다. 인생도 굴곡이 있듯이 SNS에도 굴곡이 있겠지. 잘될 때 기분 좋았으면 안 될 때 기분 나빠할 게 아니라 성찰을 해본다. 그래도 모르겠으면 주변에 묻고 해답을 찾으려고 노력한다. 해도 안 될 때는 오히려 기회일 수 있다. 케네디도 말하지 않았는가, 위기는 위험과 기회의 두 단어라고.

내가 하고 싶은 콘텐츠인데 그동안 눈치가 보여 하지

어때요,
이렇게 살아가는 삶?

못했던 걸 마구 선보인다. 구독자가 떨어져도 상관없다. 어차피 이걸 하지 않았어도 떨어질 거였으니까. 반면 새로운 시도를 통해 색다른 매력을 발견하고 구독자 층이 더 탄탄해지는 경우도 있다. 이런 극한의 경우(?)가 아니라면 의외의 면을 보기 쉽진 않으니까.

하락세가 올 때 처음엔 초조했다가 체념하기 시작하면서 관대해진다. 내 유튜브 채널은 원래 시작 광고는 모두 넣었는데 이젠 그것마저 빼버렸다. 잘 안 될 때는 더 열심히 해서 광고 수익을 많이 내야겠다는 생각도 사라진다. 큰맘 먹고 유튜브 광고를 다 삭제했다.

글씨 ASMR 콘텐츠는 꾸준히 광고가 없다. 브이로그나 문구 리뷰 등 다른 영상에는 광고를 넣을 수도 있다. 하지만 ASMR은 자면서 듣는 분들이 많다. 때문에 중간에 영상이 끝나고 광고가 떠서 잠에서 깨는 경우가 없도록 하기 위해서다. 합본 형태로 한 시간 이상의 영상도 올리긴 하지만 대부분 삼 분에서 오 분 내외의 짧은 영상인 경우가 많다. 이 경우 광고를 너무 자주 보게 된다.

좋아하는 ASMR 영상들을 나만의 재생 목록에 넣고 재

생했을 때 광고 없이 자는 동안 편안히 시청하셨으면 하는 마음이 있어 광고 수익을 포기했다. 아무래도 잠을 잘 자지 못 한다는 건 마음이 힘든 상태일 수도 있으니까. 나도 그걸 겪어봐서 어떤 심정인지 약간이나마 이해할 수 있다.

가장 구식(?)인 활동을 하면서
미래지향적인 사람

나는 아날로그를 좋아한다. 정확히 말하면 아날로그라기보단 불편한 것들을 좋아한다고 할 수 있겠다. 불편한 것들만 좋아하는 건 아니고 불편한 것들'도' 좋아한다. 대표적으로 손글씨 쓰는 일과 온오프라인 강의가 있고, 종이책을 읽는 일도, 레코드를 듣는 일도 그렇다. 패션도 구식이다.

요즘엔 통 쓰지 않던 편지도 주고받고 있다. 문구점으로 편지를 보내주시면 답장을 한다. 오랜만에 써봤는데 생각했던 것보다 술술 잘 써졌다. 편지는 보통 퇴고의 과정을 거치지 않는다. 생각나는 대로 쓰다가 마음에 안 들면 다시 쓰거나, 그 부분을 지우고 나서 수정한다. 워드 프로

세서가 아닌 손으로 하는 행위기 때문에 어떻게 보면 굉장히 구식이고 불편하지만 걸러지지 않은 날것으로서의 글이 참 매력 있다.

답장을 할 때도 마찬가지다. 우선 편지를 꼼꼼하게 읽는다. 정제되지 않은 글인 만큼 솔직한 감정이 가득 묻어 있다. 그 감정을 오롯이 흡수하는 느낌이다. 그래서 더욱 와닿는 걸까? 편지를 받고 눈물이 찔끔 나온 적이 많다. 세상엔 참 다양한 사람들, 그에 따른 다양한 사연들이 많구나 싶다. 누군가에게도 말 못할 사연도 있고. 이십 대 때의 방황 이야기, 취직 이야기, 자녀 이야기, 결혼 이야기, 부부 이야기, 썸 이야기, 손글씨 연습 이야기, 유튜브 감상평, 내 콘텐츠에 관한 조언, 지방에 있는데 꼭 문구점에 들르고 싶다는 이야기, 글씨 잘 쓰는 남자가 이상형이라는 (흐뭇) 이야기, 부모님 혹은 본인의 질병에 대한 이야기, 아이의 글씨가 고민인 어머니의 이야기, 남자친구의 글씨가 고민인 여자친구의 이야기 등등 셀 수 없이 다양한 이야기들이 있다.

난 전문가가 아닌 일개 일반인이므로 가능한 한 솔직한

생각을 전달한다. 혹시 기분 상할 만한 표현이 있나 꼼꼼히 확인한다. 내 답장을 받은 분들은 다시 답장을 주는 경우가 많다. 이렇게 생전 얼굴도 모르는 분들과 친해지는 기분이 좋다. 그러다가 그분이 언젠가 문구점에 방문해 시시콜콜한 이야기를 나눈다. 편지 속 내용도 함께. 아, 왜 진작 편지를 주고받을 생각을 하지 못했을까.

생각보다 편지가 많이 오면 어떡하나 하는 걱정도 있었으나 딱 적당한 양이 와서 하루 한두 통 답장을 쓰면 된다. 이 글을 읽는 여러분도 오랜만에 편지를 써보는 건 어떨까? 문구점 주소 '서울특별시 마포구 망원동 422-1 1층 Camellia Stationery Shop'으로 보내주시면 된다. 정성껏

답장해서 보내도록 하겠다. 혹시 편지가 많을 경우엔 조금 늦어질 수도 있지만 꼭 답장을 하니 걱정 말고 기다려주시면 고맙겠다.

반면, 디지털 활동도 많이 한다. 대표적으로 SNS 활동이 있다. 솔직히 말해서 인스타그램과 유튜브는 내 가장 큰 수익원이다. 가장 아날로그적인 손글씨를 디지털로 촬영해 편집하고 업로드해 디지털 기기로 사람들과 소통하는 행위를 한다. 그리고 그걸로 먹고산다. 그렇게 나는 가장 아날로그적인 디지털 인간이 되었다.

사람들은 내게 조선 시대에 태어났으면 이름을 날렸을 거라고 농담을 건넨다. 과연 그럴지는 아무도 알 수 없다. 신분제 사회에서 귀족 양반으로 태어났다면 몰라도 천민으로 태어났다면…….

오히려 나는 요즘 같은 때에 태어난 게 천운이라 생각한다. 십 년만 일찍 태어났어도 SNS가 활성화되지 않았던 때라 손글씨로 먹고산다는 건 상상하기 어려웠을 테니까. 지금처럼 누구든 좋아하고, 잘하는 일로 돈을 벌어서 살아가는 시대와는 다르니까.

어때요,
이렇게 살아가는 삶?

골방에서
글씨만 쓰는 아저씨

옛날 옛적 호랑이 담배 피우던 시절, 나는 오프라인에서
딱히 활동을 하지 않았다. 동호회랍시고 모여서 뻘쭘하게
있다가 헤어지고 나서 카톡이나 카페 글 후기로 '오늘 정
말 즐거웠습니다. 허허. 다음에 또 뵙겠습니다' 하는 게 싫
었기 때문이다. 물론 즐겁게 노는 분들도 있겠지만 내 성
격상 저럴 게 뻔했다. 외모에 자신감이 없어서 얼굴 사진
도 올리지 않는다. (사실 올렸다가 팔로워 수가 기하급수적으
로 떨어지는 걸 보고 광속으로 삭제한 뒤 다신 안 올린다.)

　그러다 보니 나에 대한 정보는 미궁 속으로⋯⋯. 얼굴
을 올리지 않았던 이유는 고정관념이 생길 것 같아서도 있

다. '이렇게 생긴 사람이 글씨를 이렇게 쓴다고?' 나는 그런 게 싫었다. 글씨는 글씨 자체로 봐야지 쓰는 사람을 이입해서 보면 안 된다고 여겼기 때문이다. 지금 생각해보면 소위 '곤조'였다. '기우'기도 했고.

각종 추측이 난무했다. 배 나온 아저씨부터, 골방에서 책 읽고 글씨만 쓰는 노총각, 은퇴한 할아버지, 심지어는 여자일 것 같다는 말(믿기지 않겠지만 상당히 많이 들었다!)까지. 이 말들은 실제로 내가 오프라인에서 들은 것이고 내가 직접 듣지 못한 다양한 추측도 있지 않았을까? 앞서 나온 말들을 듣게 된 건 한 만년필 동호회에서 운영하는 자원봉사 만년필 수리소의 줄을 기다리면서였다. 내가 바로 뒤에 있지만 그 사람들은 나를 모르니 편하게 이야기했다. 그렇다고 '아, 사실 저는 그런 사람이 아닙니다'라고 할 수도 없는 노릇이고. 본의 아니게 투명인간 체험을 하게 됐다. 글씨를 써서 이곳저곳에 올렸을 뿐인데 투명인간이 되다니, 신기한 경험이었다.

인스타그램이나 유튜브 라이브 방송을 진행할 때도 입을 떼면 남자라서 놀라는 분들이 많다. 당시 내 프로필 사진은 글씨 쓰는 사진이었는데 손과 상체만 드러나 있었다. 누가 봐도 남자인 것 같은데 대부분 프로필을 자세히 안 보시는 건지 오해를 많이 받았다. 이런 본의 아닌 오해를 받으면서 은근 재미있긴 했다.

오랫동안 얼굴을 공개하지 않다가 요새는 사기 사진(백 키로 시절, 현재는 백삼십 키로)을 찾아 프로필로 걸어두었다. 그 사람은 이미 지구상에 없으니 문구점에 와서 찾지 마시길. 아무리 찾아도 나올 수가 없으니. 열심히 체중을 감량해서 '사진보다 실물이 낫네요'라는 소리를 좀 들어보고 싶다. 그리고 전문 스튜디오에 가서 프로필 사진도 멋지게 찍어보고 싶다. 그럴 날을 고대하며 오늘도 열심히 아침만 먹는다. 군것질도 다 끊고. 신전떡볶이로 채운 나의 삼십 키로, 다들 신전떡볶이를 조심하시길. (신전떡볶이 사랑합니다. 고소하지 말아주세요.)

어때요,
이렇게 살아가는 삶?

불편한 것들이
감성으로 다가오는 이유

사용하기 불편한 물건들을 우리는 흔히 감성 넘치는 물건
이라고 여긴다. 불편하기만 한 것들이 왜 감성으로 다가올
까? 그냥 본능적으로 감성적이라 느끼니 감성이라는 말을
쓰는 걸까? 나는 항상 이런 걸 생각하는 버릇이 있다. 엉뚱
한 생각들을 많이 하지만 그걸 다 쓰려다가 편집자님한테
원고 양이 너무 많다고 제지당했다. 각종 엉뚱한 생각들은
브런치에 업로드할 예정이니 많이 구독해주면 고맙겠다.
내 모든 채널의 닉네임은 펜크래프트로 통일이다.

    내 손을 많이 거친 물건들은 유독 정이 많이 간다. (스킨
십의 원리가 물건에게도 적용되나?) 현재 아날로그라고 불리

는 것들도 마찬가지다. 버튼 하나면 끝날 일을 몇 단계를 더 거쳐야 해낼 수 있다. 내 손길이 몇 번 더 오가는 과정 속에서 그것이 곧 감성으로 다가오는 게 아닐까 싶다. CD를 넣고 플레이 버튼만 누르면 음질 좋은 음악을 들을 수 있는 시대다. 요새는 블루투스 스피커로도 많이 듣더라. 스마트폰 터치만으로 음악을 재생할 수 있다.

반면 레코드는 어떤가? 우선 판을 닦고 레코드를 판에 올리고 침압을 재고 판을 돌리고 침을 살포시 내려놔야 한다. 단계도 많지만 레코드가 손상되지 않도록 섬세한 손길도 필요하다. 이렇게 신경 쓰며 아끼는 과정을 몇 단계 거치면 당연히 더 애틋하게 다가오는 게 아닐까? 거기서 감성이라는 느낌이 생기지 않을까? 그리고 아날로그는 약간의 엉성함(?)이 있어서 좋다. CD로 들었을 때의 흠 없이 완벽한 소리 같은 건 없지만 레코드만의 깔끔하지 못한(?) 소리의 맛이 좋다.

똑딱 누르기만 하면 나오는 볼펜과는 달리 만년필의 경우 잉크병을 열고 만년필 컨버터(혹은 피스톤 필러 몸통)를 돌려 잉크를 채울 준비를 한다. 잉크병에 촉을 담가 반대로 돌려 잉크를 빨아올린다. 이후 펜촉과 그립부에 묻은 잉크를 살살 닦아낸다. 이런 과정을 거친 뒤 종이에 쓰기 시작할 수 있다. (하지만 딥펜은 정말 정말 정말 불편해서 손이 잘 안 간다. 잉크를 한 번 찍어 몇 자 쓰지 못하고 균일하게 나오지도 않는 데다 쓰고 나서 닦은 뒤 말려줘야 한다. 내 불편함의 마지노선은 만년필까지인가 보다.)

연필도 마찬가지다. 딸깍 누르면 심이 나오는 샤프 연필과 달리 연필은 심이 닳으면 칼을 사용하든 연필깎이를 사용하든 깎아주어야 한다. 어떻게 깎냐에 따라 심의 굵기도 결정된다. 무궁무진한 방법으로 연필심의 모양을 만들 수 있다. 요새 나오는 연필깎이에는 심 길이 조절 기능도 있어서 짧게 깎을 수도, 길게 깎을 수도 있다.

혹자는 문구점 일은 그다지 힘들지 않을 거 같다고 말한다. 반은 맞고 반은 틀리다. 왜냐면 디저트 가게와 같이 밑작업에 상당한 힘과 시간이 들기 때문이다. 노트를 기획하고 미팅하고 샘플을 받고 감리를 가고 물류를 저장하고 진열하고 잉크를 기획하고 미팅하고 다시 샘플을 받고 원액을 보관하고 잉크병에 담아 스티커를 붙여 제작하고 진

열하고……. 물론 문구점 영업 시간 내엔 상당히 편한 게 맞다. 가만히 앉아서 책 읽으며 손님을 기다리기만 하니까. 뒤에 숨은 일련의 일들 없이 판매만 할 수 있다면 정말 편할 거다.

부끄럽지만 나도 문구점을 열기 전에는 이런 소매업 사장님들은 참 편할 것 같다고 생각했다. 하지만 아니었다. 생각보다 힘이 많이 든다. 문구점을 열고부터 내가 체력이 부족하다는 걸 절실히 느낀다. 지속 가능한 문구 개발 및 제작, 문구점 운영을 위해 접었던 걷기 운동도 시작했다. 내가 좋아하는 브랜드, 좋아하는 제품이 단종되거나 운영 악화로 문을 닫으면 눈물나게 슬프기 때문이다. 없어지기 전에 사재기해야 하는데 얼마나 쟁여놔야 할지 정하는 일도 스트레스고.

동백문구점을 선택해준 분들에게 이런 스트레스를 드리고 싶지 않아서 최대한 노력하고 있다. 흥망은 자연의 섭리겠지만, 그래도 믿고 도와주고 응원해주는 분들이 점점 늘어 다행이다.

"십시일반이라는 말 아시나요? 열 명이 한 숟가락씩만

덜어줘도 한 명이 먹을 밥이 생긴답니다. (소식을 하면 장수
한다네요.) 여러분들은 제게 그런 감사한 존재예요. 덕분에
제가 좋아하는 일을 하며 살아갈 수 있었어요. 제가 하는
소소한 이 일들이 여러분들께도 긍정적인 영향을 끼쳤으
면 좋겠어요. 이만 투머치 토커(글이니까 라이터라고 해야
하나?)는 여기서 줄이겠습니다.”

어때요,
이렇게 살아가는 삶?

나의 이 괴상망측한 이야기들을 참고 다 읽어주신 독자분들께 경의를 표한다. '세상에 이런 괴짜도 있구나' 하고 넘겨주시면 고맙겠다.

분명히 문구를 좋아하는 숨은 덕후들이 많을 것이다. (잠재 독자랄까?!) 짧은 인생이지만 여태 살면서 현실과 타협하느라 멀리했을 뿐이지 문구류를 선물받거나 살 일이 생기면 눈빛이 초롱초롱해지는 분들을 많이 보았다. 일하는 동안 우리가 인지하지는 못하지만 손으로 무언가를 쓰거나 그릴 일이 얼마나 많은가. 내면의 덕후 기질을 이 책을 통해 꺼낼 수 있길 바란다.

이 책이 나올 쯤이면 석봉이도 어른이 된다. 나는 서른 살이 되고. 어른이 된 석봉이와 서른 살이 된 내가 문구점에서 기다리고 있겠다. 책을 보고 왔다면 꼭 말해주면 좋겠다. 그럼 대화의 물꼬가 터져서 쉽사리 이야기를 이어갈 수 있을 테니까. 앞으로도 앞서 말한 모든 내용들을 잘 간직하는 문구점이 되도록 하겠다. 뱉은 말은 지키는 사람이 될 수 있도록.

임대인 분과 별일이 없다면 삼사 년은 더 이곳에 있을 것 같다. 이후엔 앞서 말한 대로 넓은 지하 공간에 복합 시설을 꾸리고 싶다. 여러분이 이 책을 읽어주실 때마다 그 미래에 한 발짝 더 다가설 수 있다.

끝으로 인스타그램이나 유튜브에 문구점을 홍보하기가 좀 꺼려졌는데 이렇게 대놓고 홍보할 수 있는 책이 나와서 기쁘다. 후회 없는 선택일 거라고 자부할 수 있다. 보통의 퀄리티로는 나 자신이 만족하지 못하므로 항상 최고를 추구하기 때문이다. 작은 일 하나하나 최고를 추구해나가는 초심을 잃지 않겠다고 약속드린다.

다시 한번 이런 괴짜의 책을 다 읽어주신 데 감사드리

며 이만 줄이도록 하겠다. 속편은 앞서 말한 지하 공간과 같은 장소에서 쓰고 싶다.

이 책으로 하고 싶은 일과 해야 하는 일 사이에서 고민 중이신 분께 작은 성냥불 하나 정도의 빛을 밝혔다면 그걸로 만족한다.

– 2022년 6월 동백문구점에서,

석봉이와 함께

어쩌다,
문구점 아저씨

1판 1쇄 인쇄 2022년 6월 10일
1판 1쇄 발행 2022년 6월 20일

지은이 유한빈

발행인 양원석 **편집장** 정효진 **책임편집** 차지혜
디자인 강소정, 김미선 **영업마케팅** 양정길, 윤송, 김지현, 정다은, 박윤하

펴낸 곳 ㈜알에이치코리아
주소 서울시 금천구 가산디지털2로 53, 20층 (가산동, 한라시그마밸리)
편집문의 02-6443-8862   **도서문의** 02-6443-8800
홈페이지 http://rhk.co.kr
등록 2004년 1월 15일 제2-3726호

ISBN 978-89-255-7796-8 (03810)